Contos de
Machado de Assis

Contos de *Machado de Assis*

Organizados por Maria Viana
Ilustrados por Maurício Veneza

O Encanto do Conto

DIRETOR EDITORIAL Raul Maia Junior
EDITORA EXECUTIVA Otacília de Freitas
EDITOR DE LITERATURA Vitor Maia
COORDENAÇÃO EDITORIAL Maria Viana
PREPARAÇÃO DE TEXTO Nair Hitomi Kayo
REVISÃO Gislene P. Rodrigues de Oliveira
Ana Paula Ribeiro
Christina Lucy Fontes Soares
ELABORAÇÃO DE GLOSSÁRIO E BOXES Adilson Miguel
PESQUISA ICONOGRÁFICA Juliana Cecci Silva
ILUSTRAÇÕES Maurício Veneza
CAPA, PROJETO GRÁFICO E DIAGRAMAÇÃO Vinicius Rossignol Felipe

Fonte para estabelecimento do texto desta coletânea *Machado de Assis, Obra Completa.* Vol. II. Rio de Janeiro, Nova Aguilar, 1997.

Texto em conformidade com as novas regras ortográficas do Acordo da Língua Portuguesa.

Dados Internacionais de Catalogação na Publicação (CIP)
(Câmara Brasileira do Livro, SP, Brasil)

Assis, Machado de, 1839-1908.
Contos de Machado de Assis / ilustrações Maurício Veneza. — São Paulo: Editora DCL, 2003. — (Coleção o encanto do conto)

ISBN 978-85-7338-779-7

1. Contos – Literatura infantojuvenil I. Veneza, Maurício. II. Título. III. Série.

03-1967 CDD – 028.5

Índices para catálogo sistemático:

1. Contos : Literatura infantojuvenil 028.5
2. Contos : Literatura juvenil 028.5

1ª edição

Editora DCL
Av. Marquês de São Vicente 1619 -CJ 2612 – Bairro
Varzea da Barra Funda CEP 01139-003 – São Paulo – SP
Tel.: (0xx11) 3932-5222
www.editoradcl.com.br

Sumário

Um Clássico Vivo e Intrigante

Autor de uma obra monumental e renovadora, Machado de Assis é considerado o maior romancista brasileiro. Seus livros tão famosos – *Memórias Póstumas de Brás Cubas, Quincas Borba, Dom Casmurro, Esaú e Jacó, Memorial de Aires* – conquistam cada vez mais leitores dentro e fora do Brasil.

A obra de Machado contém reflexões filosóficas, análises do comportamento humano, ironia, sabedoria literária e outros atrativos de alcance universal, sem desprezar a preocupação com o país de origem e o tempo histórico do autor. O leitor de hoje pode estranhar um pouco o estilo dessa prosa escrita "com a pena da galhofa e a tinta da melancolia". Mas por trás da nobreza e das marcas do tempo, o que se esconde é uma literatura moderna, ousada, cuja importância só tende a crescer.

Além de criar o defunto Brás Cubas, o conselheiro Aires, Bentinho e Capitu, entre outras personagens célebres, Machado escreveu cerca de duzentos contos. Há quem diga que sua obra como contista é superior à que ele produziu como romancista. São dezenas de obras-primas que podem ser lidas em sete coletâneas: *Contos Fluminenses, Histórias da Meia-noite, Papéis Avulsos, Histórias sem Data, Várias Histórias, Páginas Recolhidas* e *Relíquias de Casa Velha*. As duas primeiras pertencem ao período romântico, enquanto as outras fazem parte da chamada "segunda fase" do escritor.

Na juventude, Machado de Assis colaborou fartamente em periódicos, como o *Jornal das Famílias* e *A Estação*. Nessa época escreveu narrativas folhetinescas voltadas para o público feminino – segundo ele, "as páginas mais desambiciosas do mundo". As obras-primas do conto machadiano só viriam à tona após a "crise dos quarenta anos" e seu famoso renascimento como escritor.

A mudança de fase, no começo da década de 1880, foi explicada por Machado com a afirmação de que "perdera todas as ilusões sobre os homens". É a época dos contos-teorias, em que o autor analisa de modo crítico e pessimista temas como o egoísmo, o interesse que a tudo devora, os limites da razão e da loucura, a crueldade e o triunfo da aparência sobre a essência.

Nossa seleção abre com uma das narrativas curtas mais famosas de Machado, "Um Apólogo", que faz parte do livro *Várias Histórias* e teve sua primeira publicação em 1885. Numa conversa áspera e divertida, a linha disputa com a agulha quem é mais importante na costura dos vestidos. A fábula põe em cena a exploração dos mais fracos, o "movimento das camadas" e o "duelo dos salões" (as expressões são do crítico Antonio Candido), ilustrando a convicção de que é mais vantajoso parecer do que ser, pois "o mundo não vai além da superfície das coisas".

Em seguida vêm três contos magistrais, ligados ao universo da infância e da adolescência: "Conto de Escola" (1885), "Umas Férias" (1906) e "Uns Braços" (também de 1885). Neles, o tema principal é a descoberta do mundo e o aprendizado da máscara. Na quinta história desta seleção, "Cantiga de Esponsais" (1883), o velho músico Mestre Romão sofre porque não consegue pôr no papel as harmonias originais que trazia dentro de si. As personagens idealistas são vítimas da própria impotência.

Fechando a nossa coletânea, estão dois contos menos conhecidos de Machado, que chamam a atenção por várias razões. "O Relógio de Ouro" (1873) pertence ao período romântico do escritor, permitindo flagrar seus primeiros passos e dimensionar sua futura evolução. "A Carteira" (1884) é da fase madura, mas não chegou a ser publicado em livro.

A leitura desses contos é uma viagem surpreendente para um mundo de sentimentos contraditórios, narrados com talento, ironia e sutileza incomparáveis. Conhecer Machado significa arriscar-se a perder, como ele, todas as ilusões. Mas o que se ganha no meio do caminho não é pouco – e isso é o mais importante.

Ivan Marques

Um Apólogo

Era uma vez uma agulha, que disse a um novelo de linha:

– Por que está você com esse ar, toda cheia de si, toda enrolada, para fingir que vale alguma cousa neste mundo?

– Deixe-me, senhora.

– Que a deixe? Que a deixe, por quê? Porque lhe digo que está com um ar insuportável? Repito que sim, e falarei sempre que me der na cabeça.

– Que cabeça, senhora? A senhora não é alfinete, é agulha. Agulha não tem cabeça. Que lhe importa o meu ar? Cada qual tem o ar que Deus lhe deu. Importe-se com a sua vida e deixe a dos outros.

– Mas você é orgulhosa.

– Decerto[1] que sou.

– Mas por quê?

– É boa! Porque coso[2]. Então os vestidos e enfeites de nossa ama, quem é que os cose, senão eu?

– Você? Esta agora é melhor. Você é que os cose? Você ignora que quem os cose sou eu, e muito eu?

– Você fura o pano, nada mais; eu é que coso, prendo um pedaço ao outro, dou feição[3] aos babados...

– Sim, mas que vale isso? Eu é que furo o pano, vou adiante, puxando por você, que vem atrás, obedecendo ao que eu faço e mando...

– Também os batedores[4] vão adiante do imperador.

– Você imperador?

– Não digo isso. Mas a verdade é que você faz um papel subalterno[5], indo adiante; vai só mostrando o caminho, vai

decerto[1]: com certeza
coser[2]: costurar
feição[3]: forma
batedores[4]: soldados que abrem caminho para autoridades
subalterno[5]: inferior

fazendo o trabalho obscuro e ínfimo[6]. Eu é que prendo, ligo, ajunto...

Estavam nisto, quando a costureira chegou à casa da baronesa. Não sei se disse que isto se passava em casa de uma baronesa, que tinha a modista[7] ao pé de si, para não andar atrás dela. Chegou a costureira, pegou do pano, pegou da agulha, pegou da linha, enfiou a linha na agulha, e entrou a coser. Uma e outra iam andando orgulhosas, pelo pano adiante, que era a melhor das sedas, entre os dedos da costureira, ágeis como os galgos[8] de Diana[9] – para dar a isto uma cor poética. E dizia a agulha:

– Então senhora linha, ainda teima no que dizia há pouco? Não repara que esta distinta costureira só se importa comigo; eu é que vou aqui entre os dedos dela, unidinha a eles, furando abaixo e acima...

A linha não respondia nada; ia andando. Buraco aberto pela agulha era logo enchido por ela, silenciosa e ativa, como quem sabe o que faz, e não está para ouvir palavras loucas. A agulha, vendo que ela não lhe dava resposta, calou-se também, e foi andando. E era tudo silêncio na saleta de costura; não se ouvia mais que o *plic-plic-plic-plic* da agulha no pano. Caindo o sol, a costureira dobrou a costura, para o dia seguinte; continuou ainda nesse e no outro, até que no quarto acabou a obra, e ficou esperando o baile.

Veio a noite do baile, e a baronesa vestiu-se. A costureira, que a ajudou a vestir-se, levava a agulha espetada no corpinho[10], para dar algum ponto necessário. E enquanto compunha o vestido da bela dama, e puxava a um lado ou outro, arregaçava daqui ou dali, alisando, abotoando, acolchetando[11], a linha, para mofar[12] da agulha, perguntou-lhe:

– Ora, agora, diga-me, quem é que vai ao baile, no corpo da baronesa, fazendo parte do vestido e da elegância? Quem é que vai dançar com ministros e diplomatas, enquanto você

ínfimo[6]: insignificante
modista[7]: pessoa que cria roupas para mulheres e crianças
galgos[8]: cães ágeis e velozes, geralmente usados na caça de lebres
Diana[9]: deusa da mitologia latina, associada com a Lua e a caça
corpinho[10]: blusa feminina ajustada ao corpo
acolchetar[11]: prender com colchetes (pequenos fechos de metal)
mofar[12]: zombar

volta para a caixinha da costureira, antes de ir para o balaio das mucamas[13]? Vamos, diga lá.

Parece que a agulha não disse nada; mas um alfinete, de cabeça grande e não menor experiência, murmurou à pobre agulha: – Anda, aprende, tola. Cansas-te em abrir caminho para ela e ela é que vai gozar da vida, enquanto aí ficas na caixinha de costura. Faze como eu, que não abro caminho para ninguém. Onde me espetam, fico.

Contei esta história a um professor de melancolia[14], que me disse, abanando a cabeça: – Também eu tenho servido de agulha a muita linha ordinária!

mucamas[13]: escravas, em geral jovens, que ajudavam nos serviços da casa
melancolia[14]: tristeza, depressão

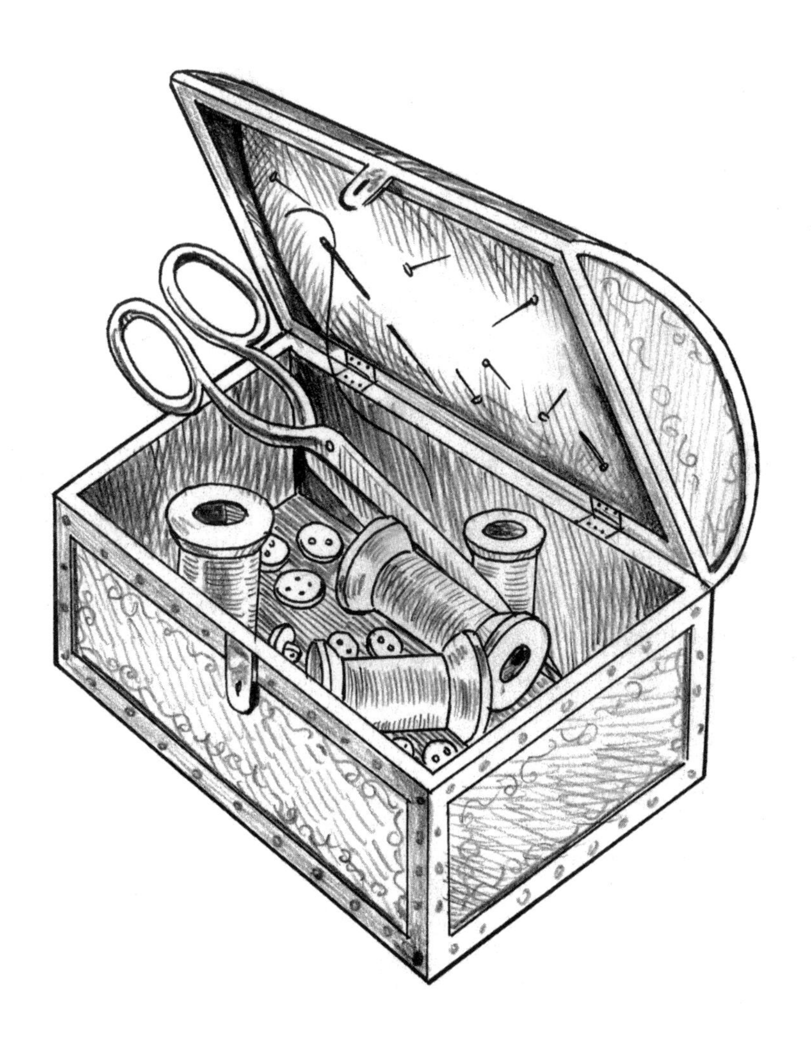

Conto de Escola

A escola era na Rua do Costa, um sobradinho de grade de pau. O ano era de 1840. Naquele dia – uma segunda-feira, do mês de maio – deixei-me estar alguns instantes na Rua da Princesa a ver onde iria brincar amanhã. Hesitava entre o morro de S. Diogo e o Campo de Sant'Ana, que não era então esse parque atual, construção de *gentleman*[1], mas um espaço rústico, mais ou menos infinito, alastrado[2] de lavadeiras, capim e burros soltos. Morro ou campo? Tal era o problema. De repente disse comigo que o melhor era a escola. E guiei para a escola. Aqui vai a razão.

Na semana anterior tinha feito dous suetos[3], e, descoberto o caso, recebi o pagamento das mãos de meu pai, que me deu uma sova de vara de marmeleiro. As sovas de meu pai doíam por muito tempo. Era um velho empregado do Arsenal de Guerra, ríspido e intolerante. Sonhava para mim uma grande posição comercial, e tinha ânsia[4] de me ver com os elementos mercantis[5], ler, escrever e contar, para me meter de caixeiro. Citava-me nomes de capitalistas[6] que tinham começado ao balcão. Ora, foi a lembrança do último castigo que me levou naquela manhã para o colégio. Não era um menino de virtudes.

Subi a escada com cautela, para não ser ouvido do mestre, e cheguei a tempo; ele entrou na sala três ou quatro minutos depois. Entrou com o andar manso do costume, em chinelas de cordovão[7], com a jaqueta de brim lavada e desbotada, calça branca e tesa e grande colarinho caído. Chamava-se Policarpo e tinha perto de cinquenta anos ou mais. Uma vez sentado, extraiu da jaqueta a boceta[8] de rapé[9]

gentleman[1]: (*inglês*) homem de boas maneiras
alastrado[2]: cheio, repleto
suetos[3]: folgas escolares, quando se cabulam aulas
ânsia[4]: anseio, desejo
mercantis[5]: relativos ao comércio
capitalistas[6]: pessoas que têm muito dinheiro, investem ou vivem de renda
cordovão[7]: couro de cabra
boceta[8]: caixinha de rapé
rapé[9]: tabaco em pó, para cheirar

e o lenço vermelho, pô-los na gaveta; depois relanceou[10] os olhos pela sala. Os meninos, que se conservaram de pé durante a entrada dele, tornaram a sentar-se. Tudo estava em ordem; começaram os trabalhos.

– Seu Pilar, eu preciso falar com você, disse-me baixinho o filho do mestre.

Chamava-se Raimundo este pequeno, e era mole, aplicado, inteligência tarda[11]. Raimundo gastava duas horas em reter aquilo que a outros levava apenas trinta ou cinquenta minutos; vencia com o tempo o que não podia fazer logo com o cérebro. Reunia a isso um grande medo ao pai. Era uma criança fina, pálida, cara doente; raramente estava alegre. Entrava na escola depois do pai e retirava-se antes. O mestre era mais severo com ele do que conosco.

– O que é que você quer?

– Logo, respondeu ele com voz trêmula.

Começou a lição de escrita. Custa-me dizer que eu era dos mais adiantados da escola; mas era. Não digo também que era dos mais inteligentes, por um escrúpulo[12] fácil de entender e de excelente efeito no estilo, mas não tenho outra convicção.

Note-se que não era pálido nem mofino[13]: tinha boas cores e músculos de ferro. Na lição de escrita, por exemplo, acabava sempre antes de todos, mas deixava-me estar a recortar narizes no papel ou na tábua, ocupação sem nobreza nem espiritualidade, mas em todo caso ingênua. Naquele dia foi a mesma cousa; tão depressa acabei, como entrei a reproduzir o nariz do mestre, dando-lhe cinco ou seis atitudes diferentes, das quais recordo a interrogativa, a admirativa, a dubitativa[14] e a cogitativa[15]. Não lhes punha esses nomes, pobre estudante de primeiras letras que era; mas, instintivamente, dava-lhes essas expressões. Os outros foram acabando; não tive remédio senão acabar também, entregar a escrita, e voltar para o meu lugar.

relancear[10]: olhar rapidamente
tarda[11]: lenta, preguiçosa
escrúpulo[12]: cuidado, dúvida de consciência
mofino[13]: adoentado, infeliz
dubitativa[14]: que exprime dúvida
cogitativa[15]: pensativa

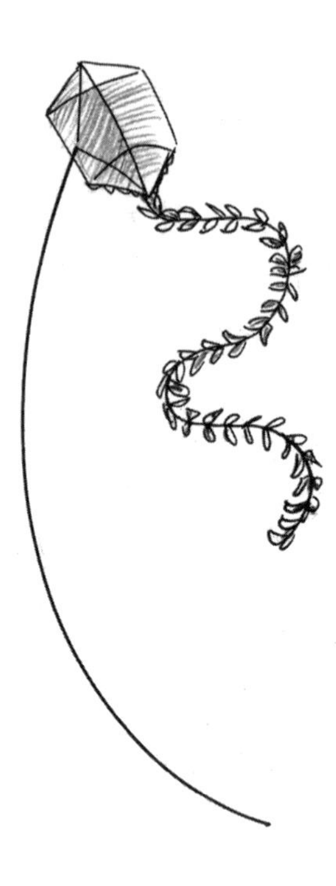

Com franqueza, estava arrependido de ter vindo. Agora que ficava preso, ardia[16] por andar lá fora, e recapitulava[17] o campo e o morro, pensava nos outros meninos vadios, o Chico Telha, o Américo, o Carlos das Escadinhas, a fina flor do bairro e do gênero humano. Para cúmulo[18] de desespero, vi através das vidraças da escola, no claro azul do céu, por cima do Morro do Livramento, um papagaio de papel, alto e largo, preso de uma corda imensa, que bojava[19] no ar, uma cousa soberba[20]. E eu na escola, sentado, pernas unidas, com o livro de leitura e a gramática nos joelhos.

– Fui um bobo em vir, disse eu ao Raimundo.

– Não diga isso, murmurou ele.

Olhei para ele; estava mais pálido. Então lembrou-me outra vez que queria pedir-me alguma cousa, e perguntei-lhe o que era. Raimundo estremeceu de novo, e, rápido, disse-me que esperasse um pouco; era uma cousa particular.

– Seu Pilar... murmurou ele daí a alguns minutos.

– Que é?

– Você...

– Você quê?

Ele deitou os olhos ao pai, e depois a alguns outros meninos. Um destes, o Curvelo, olhava para ele, desconfiado, e o Raimundo, notando-me essa circunstância, pediu alguns minutos mais de espera. Confesso que começava a arder de curiosidade. Olhei para o Curvelo, e vi que parecia atento; podia ser uma simples curiosidade vaga, natural indiscrição; mas podia ser também alguma cousa entre eles. Esse Curvelo era um pouco levado do diabo. Tinha onze anos, era mais velho que nós.

Que me quereria o Raimundo? Continuei inquieto, remexendo-me muito, falando-lhe baixo, com instância[21], que me dissesse o que era, que ninguém cuidava dele nem de mim. Ou então, de tarde...

arder[16]: desejar intensamente
recapitular[17]: relembrar
cúmulo[18]: máximo
bojar[19]: inflar, encher
soberba[20]: magnífica
instância[21]: insistência

– De tarde, não, interrompeu-me ele; não pode ser de tarde.

– Então agora...

– Papai está olhando.

Na verdade, o mestre fitava-nos. Como era mais severo para o filho, buscava-o muitas vezes com os olhos, para trazê-lo mais aperreado[22]. Mas nós também éramos finos; metemos o nariz no livro, e continuamos a ler. Afinal cansou e tomou as folhas do dia, três ou quatro, que ele lia devagar, mastigando as ideias e as paixões. Não esqueçam que estávamos então no fim da Regência[23], e que era grande a agitação pública. Policarpo tinha decerto algum partido, mas nunca pude averiguar esse ponto. O pior que ele podia ter, para nós, era a palmatória. E essa lá estava, pendurada do portal da janela, à direita, com os seus cinco olhos do diabo. Era só levantar a mão, despendurá-la e brandi-la[24], com a força do costume, que não era pouca. E daí, pode ser que alguma vez as paixões políticas dominassem nele a ponto de poupar-nos uma ou outra correção. Naquele dia, ao menos, pareceu-me que lia as folhas com muito interesse; levantava os olhos de quando em quando, ou tomava uma pitada[25], mas tornava logo aos jornais, e lia a valer.

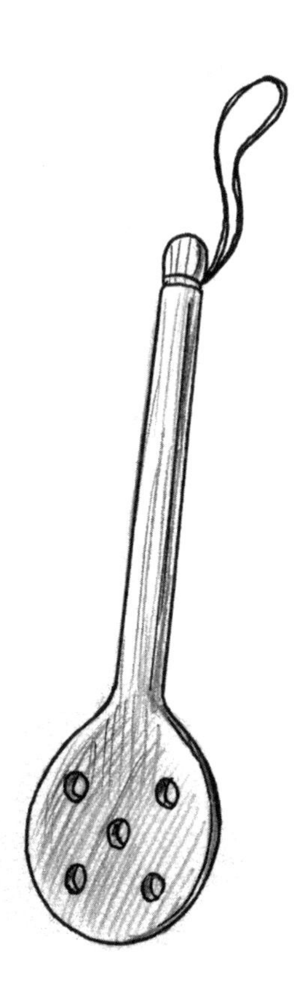

No fim de algum tempo – dez ou doze minutos – Raimundo meteu a mão no bolso das calças e olhou para mim.

– Sabe o que tenho aqui?

– Não.

– Uma pratinha que mamãe me deu.

– Hoje?

– Não, no outro dia, quando fiz anos...

– Pratinha de verdade?

– De verdade.

Tirou-a vagarosamente e mostrou-me de longe. Era uma moeda do tempo do rei, cuido que doze vinténs ou dous

aperreado[22]: preso, controlado
Regência[23]: período (de 7/4/1831 a 23/7/1840) em que o Brasil foi governado por regentes, por causa da menoridade de Dom Pedro II
brandir[24]: erguer, agitar
tomar uma pitada[25]: cheirar uma pequena porção de rapé

tostões, não me lembra; mas era uma moeda, e tão moeda que me fez pular o sangue no coração. Raimundo revolveu[26] em mim o olhar pálido; depois perguntou-me se a queria para mim. Respondi-lhe que estava caçoando, mas ele jurou que não.

– Mas então você fica sem ela?

– Mamãe depois me arranja outra. Ela tem muitas que vovô lhe deixou, numa caixinha; algumas são de ouro. Você quer esta?

Minha resposta foi estender-lhe a mão disfarçadamente, depois de olhar para a mesa do mestre. Raimundo recuou a mão dele e deu à boca um gesto amarelo, que queria sorrir. Em seguida propôs-me um negócio, uma troca de serviços; ele me daria a moeda, eu lhe explicaria um ponto da lição de sintaxe[27]. Não conseguira reter nada do livro, e estava com medo do pai. E concluía a proposta esfregando a pratinha nos joelhos...

Tive uma sensação esquisita. Não é que eu possuísse da virtude uma ideia antes própria de homem; não é também que não fosse fácil em empregar[28] uma ou outra mentira de criança. Sabíamos ambos enganar ao mestre. A novidade estava nos termos da proposta, na troca de lição e dinheiro, compra franca, positiva, toma lá, dá cá; tal foi a causa da sensação. Fiquei a olhar para ele, à toa, sem poder dizer nada.

Compreende-se que o ponto da lição era difícil, e que o Raimundo, não o tendo aprendido, recorria a um meio que lhe pareceu útil para escapar ao castigo do pai. Se me tem pedido a cousa por favor, alcançá-la-ia do mesmo modo, como de outras vezes; mas parece que era a lembrança das outras vezes, o medo de achar a minha vontade frouxa ou cansada, e não aprender como queria, – e pode ser mesmo que em alguma ocasião lhe tivesse ensinado mal, – parece que tal foi a causa da proposta. O pobre-diabo contava com o favor, – mas queria assegurar-lhe a eficácia, e daí recorreu à moeda que a mãe lhe

revolver[26]: mover, dirigir
sintaxe[27]: parte da gramática que estuda a colocação das palavras na frase
empregar[28]: dizer, fazer acreditar

dera e que ele guardava como relíquia[29] ou brinquedo; pegou dela e veio esfregá-la nos joelhos, à minha vista, como uma tentação... Realmente, era bonita, fina, branca, muito branca; e para mim, que só trazia cobre no bolso, quando trazia alguma cousa, um cobre feio, grosso, azinhavrado[30]...

– Não queria recebê-la, e custava-me recusá-la. Olhei para o mestre, que continuava a ler, com tal interesse, que lhe pingava o rapé do nariz. – Ande, tome, dizia-me baixinho o filho. E a pratinha fuzilava-lhe[31] entre os dedos, como se fora diamante... Em verdade, se o mestre não visse nada, que mal havia? E ele não podia ver nada, estava agarrado aos jornais lendo com fogo, com indignação...

– Tome, tome...

Relanceei os olhos pela sala, e dei com os do Curvelo em nós; disse ao Raimundo que esperasse. Pareceu-me que o outro nos observava, então dissimulei[32]; mas daí a pouco, deitei-lhe outra vez o olho, e – tanto se ilude a vontade! – não lhe vi mais nada. Então cobrei ânimo.

– Dê cá...

Raimundo deu-me a pratinha, sorrateiramente[33]; eu meti-a na algibeira[34] das calças, com um alvoroço que não posso definir. Cá estava ela comigo, pegadinha à perna. Restava prestar o serviço, ensinar a lição, e não me demorei em fazê-lo, nem o fiz mal, ao menos conscientemente; passava-lhe a explicação em um retalho de papel que ele recebeu com cautela e cheio de atenção. Sentia-se que despendia[35] um esforço cinco ou seis vezes maior para aprender um nada; mas contanto que ele escapasse ao castigo, tudo iria bem.

De repente, olhei para o Curvelo e estremeci; tinha os olhos em nós, com um riso que me pareceu mau. Disfarcei; mas daí a pouco, voltando-me outra vez para ele, achei-o do mesmo modo, com o mesmo ar, acrescendo que entrava a remexer-se no banco, impaciente. Sorri para ele e ele não

relíquia[29]: coisa preciosa
azinhavrado[30]: coberto de azinhavre (camada verde que se forma nos objetos de cobre)
fuzilar[31]: brilhar intensamente
dissimular[32]: disfarçar
sorrateiramente[33]: às escondidas
algibeira[34]: bolso
despender[35]: empregar, gastar

sorriu; ao contrário, franziu a testa, o que lhe deu um aspecto ameaçador. O coração bateu-me muito.

– Precisamos muito cuidado, disse eu ao Raimundo.

– Diga-me isto só, murmurou ele.

Fiz-lhe sinal que se calasse; mas ele instava[36], e a moeda, cá no bolso, lembrava-me o contrato feito. Ensinei-lhe o que era, disfarçando muito; depois, tornei a olhar para o Curvelo, que me pareceu ainda mais inquieto, e o riso, dantes[37] mau, estava agora pior. Não é preciso dizer que também eu ficara em brasas, ansioso que a aula acabasse; mas nem o relógio andava como das outras vezes, nem o mestre fazia caso da escola; este lia os jornais, artigo por artigo, pontuando-os com exclamações, com gestos de ombros, com uma ou duas pancadinhas na mesa. E lá fora, no céu azul, por cima do morro, o mesmo eterno papagaio, guinando[38] a um lado e outro, como se me chamasse a ir ter com ele. Imaginei-me ali com os livros e a pedra embaixo da mangueira, e a pratinha no bolso das calças, que eu não daria a ninguém, nem que me serrassem; guardá-la-ia em casa, dizendo a mamãe que a tinha achado na rua. Para que me não fugisse, ia-a apalpando, roçando-lhe[39] os dedos pelo cunho[40], quase lendo pelo tacto a inscrição, com uma grande vontade de espiá-la.

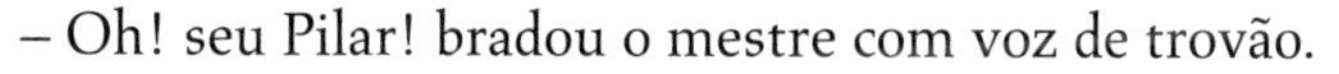

– Oh! seu Pilar! bradou o mestre com voz de trovão.

Estremeci como se acordasse de um sonho, e levantei-me às pressas. Dei com o mestre, olhando para mim, cara fechada, jornais dispersos[41], e ao pé da mesa, em pé, o Curvelo. Pareceu-me adivinhar tudo.

– Venha cá! bradou o mestre.

Fui e parei diante dele. Ele enterrou-me pela consciência dentro um par de olhos pontudos; depois chamou o filho. Toda a escola tinha parado; ninguém mais lia, ninguém fazia um só movimento. Eu, conquanto[42] não tirasse os olhos do mestre, sentia no ar a curiosidade e o pavor de todos.

instar[36]: insistir
dantes[37]: antes
guinar[38]: mover, oscilar
roçar[39]: tocar
cunho[40]: face da moeda
dispersos[41]: espalhados
conquanto[42]: embora

– Então o senhor recebe dinheiro para ensinar as lições aos outros? disse-me o Policarpo.

– Eu...

– De cá a moeda que este seu colega lhe deu! clamou[43].

Não obedeci logo, mas não pude negar nada. Continuei a tremer muito. Policarpo bradou de novo que lhe desse a moeda, e eu não resisti mais, meti a mão no bolso, vagarosamente, saquei-a e entreguei-lha. Ele examinou-a de um e outro lado, bufando de raiva; depois estendeu o braço e atirou-a à rua. E então disse-nos uma porção de cousas duras, que tanto o filho como eu acabávamos de praticar uma ação feia, indigna, baixa, uma vilania[44], e para emenda e exemplo íamos ser castigados. Aqui pegou da palmatória.

– Perdão, seu mestre... solucei eu.

– Não há perdão! Dê cá a mão! dê cá! vamos! sem-vergonha! dê cá a mão!

– Mas, seu mestre...

– Olhe que é pior!

Estendi-lhe a mão direita, depois a esquerda, e fui recebendo os bolos[45] uns por cima dos outros, até completar doze, que me deixaram as palmas vermelhas e inchadas. Chegou a vez do filho, e foi a mesma cousa; não lhe poupou nada, dous, quatro, oito, doze bolos. Acabou, pregou-nos outro sermão. Chamou-nos sem-vergonhas, desaforados[46], e jurou que se repetíssemos o negócio, apanharíamos tal castigo que nos havia de lembrar para todo o sempre. E exclamava: Porcalhões! tratantes[47]! faltos[48] de brio[49]!

Eu por mim, tinha a cara no chão. Não ousava fitar[50] ninguém, sentia todos os olhos em nós. Recolhi-me ao banco, soluçando, fustigado[51] pelos impropérios[52] do mestre. Na sala arquejava[53] o terror; posso dizer que naquele dia ninguém faria igual negócio. Creio que o próprio Curvelo enfiara[54] de medo.

clamar[43]: gritar
vilania[44]: baixeza, indignidade
bolos[45]: golpes de palmatória nas mãos
desaforados[46]: atrevidos
tratantes[47]: enganadores, traiçoeiros
faltos[48]: desprovidos
brio[49]: dignidade, honra
fitar[50]: olhar
fustigado[51]: golpeado, repreendido
impropérios[52]: ofensas, repreensões
arquejar[53]: respirar, ofegar
enfiar[54]: empalidecer, assustar-se

Não olhei logo para ele, cá dentro de mim jurava quebrar-lhe a cara, na rua, logo que saíssemos, tão certo como três e dous serem cinco.

Daí a algum tempo olhei para ele; ele também olhava para mim, mas desviou a cara, e penso que empalideceu. Compôs-se e entrou a ler em voz alta; estava com medo. Começou a variar de atitude, agitando-se à toa, coçando os joelhos, o nariz. Pode ser até que se arrependesse de nos ter denunciado; e na verdade, por que denunciar-nos? Em que é que lhe tirávamos alguma cousa?

"Tu me pagas! tão duro como osso!" dizia eu comigo.

Veio a hora de sair, e saímos; ele foi adiante, apressado, e eu não queria brigar ali mesmo, na Rua do Costa, perto do colégio; havia de ser na Rua Larga de S. Joaquim. Quando, porém, cheguei à esquina, já o não vi; provavelmente escondera-se em algum corredor ou loja; entrei numa botica[55], espiei em outras casas, perguntei por ele a algumas pessoas, ninguém me deu notícia. De tarde faltou à escola.

Em casa não contei nada, é claro; mas para explicar as mãos inchadas, menti a minha mãe, disse-lhe que não tinha sabido a lição. Dormi nessa noite, mandando ao diabo os dous meninos, tanto o da denúncia como o da moeda. E sonhei com a moeda; sonhei que, ao tornar à escola, no dia seguinte, dera com ela na rua, e a apanhara, sem medo nem escrúpulos...

De manhã, acordei cedo. A ideia de ir procurar a moeda fez-me vestir depressa. O dia estava esplêndido, um dia de maio, sol magnífico, ar brando[56], sem contar as calças novas que minha mãe me deu, por sinal que eram amarelas. Tudo isso, e a pratinha... Saí de casa, como se fosse trepar ao trono de Jerusalém. Piquei[57] o passo para que ninguém chegasse antes de mim à escola; ainda assim não andei tão depressa que amarrotasse as calças. Não, que elas eram bonitas! Mirava-as[58], fugia aos encontros, ao lixo da rua...

botica[55]: farmácia
brando[56]: suave
picar[57]: acelerar
mirar[58]: olhar

Na rua encontrei uma companhia do batalhão de fuzileiros, tambor à frente, rufando[59]. Não podia ouvir isto quieto. Os soldados vinham batendo o pé rápido, igual, direita, esquerda, ao som do rufo; vinham, passaram por mim, e foram andando. Eu senti uma comichão[60] nos pés, e tive ímpeto[61] de ir atrás deles. Já lhes disse: o dia estava lindo, e depois o tambor... Olhei para um e outro lado; afinal, não sei como foi, entrei a marchar também ao som do rufo, creio que cantarolando alguma cousa: *Rato na Casaca*... Não fui à escola, acompanhei os fuzileiros, depois enfiei pela Saúde, e acabei a manhã na Praia da Gamboa. Voltei para casa com as calças enxovalhadas[62], sem pratinha no bolso nem ressentimento na alma. E contudo a pratinha era bonita e foram eles, Raimundo e Curvelo, que me deram o primeiro conhecimento, um da corrupção[63], outro da delação[64]; mas o diabo do tambor...

rufar[59]: tocar tambor
comichão[60]: coceira, desejo
ímpeto[61]: impulso
enxovalhadas[62]: emporcalhadas, sujas
corrupção[63]: depravação, suborno
delação[64]: denúncia

UMAS FÉRIAS

Vieram dizer ao mestre-escola[1] que alguém lhe queria falar.

– Quem é?

– Diz que meu senhor não o conhece, respondeu o preto.

– Que entre.

Houve um movimento geral de cabeças na direção da porta do corredor, por onde devia entrar a pessoa desconhecida. Éramos não sei quantos meninos na escola. Não tardou que aparecesse uma figura rude, tez[2] queimada, cabelos compridos, sem sinal de pente, a roupa amarrotada, não me lembra bem a cor nem a fazenda, mas provavelmente era brim pardo. Todos ficaram esperando o que vinha dizer o homem, eu mais que ninguém, porque ele era meu tio, roceiro[3], morador em Guaratiba. Chamava-se tio Zeca.

Tio Zeca foi ao mestre e falou-lhe baixo. O mestre fê-lo sentar, olhou para mim, e creio que lhe perguntou alguma cousa, porque tio Zeca entrou a falar demorado, muito explicativo. O mestre insistiu, ele respondeu, até que o mestre, voltando-se para mim, disse alto:

– Sr. José Martins, pode sair.

A minha sensação de prazer foi tal que venceu a de espanto. Tinha dez anos apenas, gostava de folgar[4], não gostava de aprender. Um chamado de casa, o próprio tio, irmão de meu pai, que chegara na véspera de Guaratiba, era naturalmente alguma festa, passeio, qualquer cousa. Corri a buscar o chapéu, meti o livro de leitura no bolso e desci as escadas da escola, um sobradinho da Rua do Senado. No corredor beijei a mão a tio Zeca. Na rua fui andando ao pé dele,

mestre-escola[1]: professor primário
tez[2]: pele
roceiro[3]: homem da roça
folgar[4]: divertir-se, ter prazer

amiudando[5] os passos, e levantando a cara. Ele não me dizia nada, eu não me atrevia a nenhuma pergunta. Pouco depois chegávamos ao colégio de minha irmã Felícia; disse-me que esperasse, entrou, subiu, desceram, e fomos os três caminho de casa. A minha alegria agora era maior. Certamente havia festa em casa, pois que íamos os dous, ela e eu; íamos na frente, trocando as nossas perguntas e conjeturas[6]. Talvez anos de tio Zeca. Voltei a cara para ele; vinha com os olhos no chão, provavelmente para não cair.

Fomos andando. Felícia era mais velha que eu um ano. Calçava sapato raso, atado ao peito do pé por duas fitas cruzadas, vindo acabar acima do tornozelo com laço. Eu, botins[7] de cordovão[8], já gastos. As calcinhas dela pegavam com a fita dos sapatos, as minhas calças, largas, caíam sobre o peito do pé; eram de chita[9]. Uma ou outra vez parávamos, ela para admirar as bonecas à porta dos armarinhos[10], eu para ver, à porta das vendas, algum papagaio que descia e subia pela corrente de ferro atada ao pé. Geralmente, era meu conhecido, mas papagaio não cansa em tal idade. Tio Zeca é que nos tirava do espetáculo industrial ou natural. — Andem, dizia ele em voz sumida. E nós andávamos, até que outra curiosidade nos fazia deter o passo. Entretanto, o principal era a festa que nos esperava em casa.

– Não creio que sejam anos de tio Zeca, disse-me Felícia.

– Por quê?

– Parece meio triste.

– Triste, não, parece carrancudo.

– Ou carrancudo. Quem faz anos tem a cara alegre.

– Então serão anos de meu padrinho...

– Ou de minha madrinha...

– Mas por que é que mamãe nos mandou para a escola?

– Talvez não soubesse.

– Há de haver jantar grande...

amiudar[5]: acelerar
conjeturas[6]: suposições, hipóteses
botins[7]: botas de canos curtos
cordovão[8]: couro de cabra
chita[9]: tecido barato
armarinhos[10]: lojas de tecidos e miudezas para costura

– Com doce...

– Talvez dancemos.

Fizemos um acordo: podia ser festa, sem aniversário de ninguém. A sorte grande, por exemplo. Ocorreu-me também que podiam ser eleições. Meu padrinho era candidato a vereador; embora eu não soubesse bem o que era candidatura nem vereação[11], tanto ouvira falar em vitória próxima que a achei certa e ganha. Não sabia que a eleição era ao domingo, e o dia era sexta-feira. Imaginei bandas de música, vivas e palmas, e nós, meninos, pulando, rindo, comendo cocadas. Talvez houvesse espetáculo à noite; fiquei meio tonto. Tinha ido uma vez ao teatro, e voltei dormindo, mas no dia seguinte estava tão contente que morria por lá tornar, posto[12] não houvesse entendido nada do que ouvira. Vira muita cousa, isto sim, cadeiras ricas, tronos, lanças compridas, cenas que mudavam à vista, passando de uma sala a um bosque, e do bosque a uma rua. Depois, os personagens, todos príncipes. Era assim que chamávamos aos que vestiam calção de seda, sapato de fivela ou botas, espada, capa de veludo, gorra com pluma. Também houve bailado. As bailarinas e os bailarinos falavam com os pés e as mãos, trocando de posição e um sorriso constante na boca. Depois os gritos do público e as palmas...

Já duas vezes escrevi palmas; é que as conhecia bem. Felícia, a quem comuniquei a possibilidade do espetáculo, não me pareceu gostar muito, mas também não recusou nada. Iria ao teatro. E quem sabe se não seria em casa, teatrinho de bonecos? Íamos nessas conjeturas, quando tio Zeca nos disse que esperássemos; tinha parado a conversar com um sujeito.

Paramos, à espera. A ideia da festa, qualquer que fosse, continuou a agitar-nos, mais a mim que a ela. Imaginei trinta mil cousas, sem acabar nenhuma, tão precipitadas vinham, e tão confusas que não as distinguia; pode ser até que se repetissem. Felícia chamou a minha atenção para dous

vereação[11]: cargo de vereador
posto[12]: embora

moleques de carapuça[13] encarnada[14], que passavam carregando canas – o que nos lembrou as noites de Santo Antônio e S. João, já lá idas. Então falei-lhe das fogueiras do nosso quintal, das bichas[15] que queimamos, das rodinhas, das pistolas e das danças com outros meninos. Se houvesse agora a mesma cousa... Ah! lembrou-me que era ocasião de deitar à fogueira o livro da escola, e o dela também, com os pontos de costura que estava aprendendo.

– Isso não, acudiu Felícia.

– Eu queimava o meu livro.

– Papai comprava outro.

– Enquanto comprasse, eu ficava brincando em casa; aprender é muito aborrecido.

Nisto estávamos, quando vimos tio Zeca e o desconhecido ao pé de nós. O desconhecido pegou-nos nos queixos e levantou-nos a cara para ele, fitou-nos com seriedade, deixou--nos e despediu-se.

– Nove horas? Lá estarei, disse ele.

– Vamos, disse-nos tio Zeca.

Quis perguntar-lhe quem era aquele homem, e até me pareceu conhecê-lo vagamente. Felícia também. Nenhum de nós acertava com a pessoa; mas a promessa de lá estar às nove horas dominou o resto. Era festa, algum baile, conquanto[16] às nove horas, costumássemos ir para a cama. Naturalmente, por exceção, estaríamos acordados. Como chegássemos a um rego[17] de lama, peguei da mão de Felícia, e transpusemo-lo[18] de um salto, tão violento que quase me caiu o livro. Olhei para tio Zeca, a ver o efeito do gesto; vi-o abanar a cabeça com reprovação. Ri, ela sorriu, e fomos pela calçada adiante.

Era o dia dos desconhecidos. Desta vez estavam em burros, e um dos dous era mulher. Vinham da roça. Tio Zeca foi ter com eles ao meio da rua, depois de dizer que esperássemos. Os animais pararam, creio que de si mesmos,

carapuça[13]: gorro
encarnada[14]: vermelha
bichas[15]: espécie de fogos de artifícios
conquanto[16]: embora
rego[17]: vala, poça
transpor[18]: atravessar

por também conhecerem a tio Zeca, ideia que Felícia reprovou com o gesto, e que eu defendi rindo. Teria apenas meia--convicção; tudo era folgar. Fosse como fosse, esperamos os dous, examinando o casal de roceiros. Eram ambos magros, a mulher mais que o marido, e também mais moça; ele tinha os cabelos grisalhos. Não ouvimos o que disseram, ele e tio Zeca; vimo-lo, sim, o marido olhar para nós com ar de curiosidade, e falar à mulher, que também nos deitou os olhos, agora com pena ou cousa parecida. Enfim apartaram-se, tio Zeca veio ter conosco e enfiamos[19] para casa.

A casa ficava na rua próxima, perto da esquina. Ao dobrarmos esta, vimos os portais da casa forrados de preto – o que nos encheu de espanto. Instintivamente paramos e voltamos a cabeça para tio Zeca. Este veio a nós, deu a mão a cada um e ia a dizer alguma palavra que lhe ficou na garganta; andou, levando-nos consigo. Quando chegamos, as portas estavam meio-cerradas. Não sei se lhes disse que era um armarinho. Na rua, curiosos. Nas janelas fronteiras e laterais, cabeças aglomeradas. Houve certo rebuliço[20] quando chegamos. É natural que eu tivesse a boca aberta, como Felícia. Tio Zeca empurrou uma das meias-portas, entramos os três, ele tornou a cerrá-la, meteu-se pelo corredor e fomos à sala de jantar e à alcova[21].

Dentro, ao pé da cama, estava minha mãe com a cabeça entre as mãos. Sabendo da nossa chegada, ergueu-se de salto, veio abraçar-nos entre lágrimas, bradando:

– Meus filhos, vosso pai morreu!

A comoção[22] foi grande, por mais que o confuso e o vago[23] entorpecessem[24] a consciência da notícia. Não tive forças para andar, e teria medo de o fazer. Morto como? morto por quê? Estas duas perguntas, se as meto aqui, é para dar seguimento à ação; naquele momento não perguntei nada a mim nem a ninguém. Ouvi as palavras de minha mãe, se

enfiar[19]: dirigir-se
rebuliço[20]: confusão
alcova[21]: dormitório
comoção[22]: choque, emoção forte
vago[23]: incerto
entorpecer[24]: enfraquecer, amortecer

repetiam em mim, e os seus soluços que eram grandes. Ela pegou em nós e arrastou-nos para a cama, onde jazia[25] o cadáver do marido; e fez-nos beijar-lhe a mão. Tão longe estava eu daquilo que, apesar de tudo, não entendera nada a princípio; a tristeza e o silêncio das pessoas que rodeavam a cama ajudaram a explicar que meu pai morrera deveras[26]. Não se tratava de um dia santo, com a sua folga e recreio, não era festa, não eram as horas breves ou longas, para a gente desfiar em casa, arredada[27] dos castigos da escola. Que essa queda de um sonho tão bonito fizesse crescer a minha dor de filho não é cousa que possa afirmar ou negar; melhor é calar. O pai ali estava defunto, sem pulos, nem danças, nem risadas, nem bandas de música, cousas todas também defuntas. Se me houvessem dito à saída da escola por que é que me iam lá buscar, é claro que a alegria não houvera penetrado o coração, donde era agora expelida a punhadas[28].

O enterro foi no dia seguinte às nove horas da manhã, e provavelmente lá estava aquele amigo de tio Zeca que se despediu na rua, com a promessa de ir às nove horas. Não vi as cerimônias; alguns vultos, poucos, vestidos de preto, lembra-me que vi. Meu padrinho, dono de um trapiche[29], lá estava, e a mulher também, que me levou a uma alcova dos fundos para me mostrar gravuras. Na ocasião da saída, ouvi os gritos de minha mãe, o rumor dos passos, algumas palavras abafadas de pessoas que pegavam nas alças do caixão, creio eu: – "vire de lado, – mais à esquerda, – assim, segure bem...". Depois, ao longe, o coche[30] andando e as seges[31] atrás dele...

Lá iam meu pai e as férias! Um dia de folga sem folguedo! Não, não foi um dia, mas oito, oito dias de nojo[32], durante os quais alguma vez me lembrei do colégio. Minha mãe chorava, cosendo o luto, entre duas visitas de pêsames. Eu também chorava; não via meu pai às horas do costume, não lhe ouvia as palavras à mesa ou ao balcão, nem as carícias

jazer[25]: estar deitado, estar morto
deveras[26]: verdadeiramente
arredada[27]: distante
punhadas[28]: murros
trapiche[29]: armazém
coche[30]: carruagem, carro fúnebre
seges[31]: carruagens
nojo[32]: luto

que dizia aos pássaros. Que ele era muito amigo de pássaros, e tinha três ou quatro, em gaiolas. Minha mãe vivia calada. Quase que só falava às pessoas de fora. Foi assim que eu soube que meu pai morrera de apoplexia[33]. Ouvi esta notícia muitas vezes; as visitas perguntavam pela causa da morte, e ela referia[34] tudo, a hora, o gesto, a ocasião: tinha ido beber água, e enchia um copo, à janela da área. Tudo decorei, à força de[35] ouvi-lo contar.

Nem por isso os meninos do colégio deixavam de vir espiar para dentro da minha memória. Um deles chegou a perguntar-me quando é que eu voltaria.

– Sábado, meu filho, disse minha mãe, quando lhe repeti a pergunta imaginada; a missa é sexta-feira. Talvez seja melhor voltar na segunda.

– Antes sábado, emendei[36].

– Pois sim, concordou.

Não sorria; se pudesse, sorriria de gosto ao ver que eu queria voltar mais cedo à escola. Mas, sabendo que eu não gostava de aprender, como entenderia a emenda? Provavelmente, deu-lhe algum sentido superior, conselho do céu ou do marido. Em verdade, eu não folgava, se lerdes isto com o sentido de rir. Com o de descansar também não cabe, porque minha mãe fazia-me estudar, e, tanto como o estudo, aborrecia-me a atitude. Obrigado a estar sentado, com o livro nas mãos, a um canto ou à mesa, dava ao diabo o livro, a mesa e a cadeira. Usava um recurso que recomendo aos preguiçosos: deixava os olhos na página e abria a porta à imaginação. Corria a apanhar as flechas dos foguetes, a ouvir os realejos[37], a bailar com meninas, a cantar, a rir, a espancar de mentira ou de brincadeira, como for mais claro.

Uma vez, como desse por mim a andar na sala sem ler, minha mãe repreendeu-me, e eu respondi que estava pensando em meu pai. A explicação fê-la chorar, e, para

apoplexia[33]: derrame
referir[34]: relatar, contar
à força de[35]: à custa de, por causa de
emendar[36]: acrescentar
realejos[37]: órgãos (instrumentos musicais) acionados com manivela

dizer tudo, não era totalmente mentira; tinha-me lembrado o último presentinho que ele me dera, e entrei a vê-lo com o mimo na mão.

Felícia vivia tão triste como eu, mas confesso a minha verdade, a causa principal não era a mesma. Gostava de brincar, mas não sentia a ausência do brinco[38], não se lhe dava de acompanhar a mãe, coser[39] com ela, e uma vez fui achá-la a enxugar-lhe os olhos. Meio-vexado[40], pensei em imitá-la, e meti a mão no bolso para tirar o lenço. A mão entrou sem ternura, e, não achando o lenço, saiu sem pesar. Creio que ao gesto não faltava só originalidade, mas sinceridade também.

Não me censurem. Sincero fui longos dias calados e reclusos. Quis uma vez ir para o armarinho, que se abriu depois do enterro, onde o caixeiro[41] continuou a servir. Conversaria com este, assistiria à venda de linhas e agulhas, à medição de fitas, iria à porta, à calçada, à esquina da rua... Minha mãe sufocou este sonho pouco depois dele nascer. Mal chegara ao balcão, mandou-me buscar pela escrava; lá fui para o interior da casa e para o estudo. Arrepelei-me[42], apertei os dedos à guisa de[43] quem quer dar murro; não me lembro se chorei de raiva.

O livro lembrou-me a escola, e a imagem da escola consolou-me. Já então lhe tinha grandes saudades. Via de longe as caras dos meninos, os nossos gestos de troça[44] nos bancos, e os saltos à saída. Senti cair-me na cara uma daquelas bolinhas de papel com que nos espertávamos[45] uns aos outros, e fiz a minha e atirei-a ao meu suposto espertador. A bolinha, como acontecia às vezes, foi cair na cabeça de terceiro, que se desforrou depressa. Alguns, mais tímidos, limitavam-se a fazer caretas. Não era folguedo[46] franco, mas já me valia por ele. Aquele degredo[47] que eu deixei tão alegremente com tio Zeca, parecia-me agora um céu remoto, e tinha medo de o perder. Nenhuma festa em casa, poucas palavras, raro movimento.

brinco[38]: brincadeira
coser[39]: costurar
vexado[40]: envergonhado
caixeiro[41]: vendedor, balconista
arrepelar-se[42]: puxar os próprios cabelos
à guisa de[43]: como, à maneira de
troça[44]: farra
espertar[45]: provocar
folguedo[46]: brincadeira, divertimento
degredo[47]: exílio, afastamento

Foi por esse tempo que eu desenhei a lápis maior número de gatos nas margens do livro de leitura; gatos e porcos. Não alegrava, mas distraía.

A missa do sétimo dia restituiu-me à rua; no sábado não fui à escola, fui à casa de meu padrinho, onde pude falar um pouco mais, e no domingo estive à porta da loja. Não era alegria completa. A total alegria foi segunda-feira, na escola. Entrei vestido de preto, fui mirado[48] com curiosidade, mas tão outro ao pé dos meus condiscípulos[49], que me esqueceram as férias sem gosto, e achei uma grande alegria sem férias.

mirar[48]: olhar, observar
condiscípulo[49]: colega

Uns Braços

Inácio estremeceu, ouvindo os gritos do solicitador[1], recebeu o prato que este lhe apresentava e tratou de comer, debaixo de uma trovoada de nomes, malandro, cabeça de vento, estúpido, maluco.

– Onde anda que nunca ouve o que lhe digo? Hei de contar tudo a seu pai, para que lhe sacuda a preguiça do corpo com uma boa vara de marmelo, ou um pau; sim, ainda pode apanhar, não pense que não. Estúpido! maluco!

– Olhe que lá fora é isto mesmo que você vê aqui, continuou, voltando-se para D. Severina, senhora que vivia com ele maritalmente, há anos. Confunde-me os papéis todos, erra as casas, vai a um escrivão em vez de ir a outro, troca os advogados: é o diabo! É o tal sono pesado e contínuo. De manhã é o que se vê; primeiro que acorde é preciso quebrar-lhe os ossos... Deixe; amanhã hei de acordá-lo a pau de vassoura!

D. Severina tocou-lhe no pé, como pedindo que acabasse. Borges espeitorou[2] ainda alguns impropérios[3], e ficou em paz com Deus e os homens.

Não digo que ficou em paz com os meninos, porque o nosso Inácio não era propriamente menino. Tinha quinze anos feitos e bem feitos. Cabeça inculta, mas bela, olhos de rapaz que sonha, que adivinha, que indaga, que quer saber e não acaba de saber nada. Tudo isso posto sobre um corpo não destituído de graça, ainda que malvestido. O pai é barbeiro na Cidade Nova, e pô-lo de agente, escrevente, ou que quer que era, do solicitador Borges, com esperança de vê-lo no foro[4], porque lhe parecia que os procuradores de causas ganhavam muito. Passava-se isto na Rua da Lapa, em 1870.

solicitador[1]: procurador auxiliar de advogado
espeitorar[2] *[nos dicionários só constam as formas expectorar ou expetorar]*: dizer com raiva ou violência
impropérios[3]: ofensas, repreensões
foro[4]: fórum, tribunal

Durante alguns minutos não se ouviu mais que o tinir[5] dos talheres e o ruído da mastigação. Borges abarrotava-se de alface e vaca; interrompia-se para virgular[6] a oração com um golpe de vinho e continuava logo calado.

Inácio ia comendo devagarinho, não ousando levantar os olhos do prato, nem para colocá-los onde eles estavam no momento em que o terrível Borges o descompôs[7]. Verdade é que seria agora muito arriscado. Nunca ele pôs os olhos nos braços de D. Severina que se não esquecesse de si e de tudo.

Também a culpa era antes de D. Severina em trazê-los assim nus, constantemente. Usava mangas curtas em todos os vestidos de casa, meio-palmo abaixo do ombro; dali em diante ficavam-lhe os braços à mostra. Na verdade, eram belos e cheios, em harmonia com a dona, que era antes grossa que fina, e não perdiam a cor nem a maciez por viverem ao ar; mas é justo explicar que ela os não trazia assim por faceira[8], senão porque já gastara todos os vestidos de mangas compridas. De pé, era muito vistosa; andando, tinha meneios[9] engraçados; ele, entretanto, quase que só a via à mesa, onde, além dos braços, mal poderia mirar-lhe o busto. Não se pode dizer que era bonita; mas também não era feia. Nenhum adorno; o próprio penteado consta de mui pouco; alisou os cabelos, apanhou-os, atou-os e fixou-os no alto da cabeça com o pente de tartaruga que a mãe lhe deixou. Ao pescoço, um lenço escuro; nas orelhas, nada. Tudo isso com vinte e sete anos floridos e sólidos.

Acabaram de jantar. Borges, vindo o café, tirou quatro charutos da algibeira[10], comparou-os, apertou-os entre os dedos, escolheu um e guardou os restantes. Aceso o charuto, fincou os cotovelos na mesa e falou a D. Severina de trinta mil cousas que não interessavam nada ao nosso Inácio; mas enquanto falava, não o descompunha e ele podia devanear[11] à larga[12].

tinir[5]: ruído
virgular[6]: alternar
descompor[7]: repreender ou censurar severamente
faceira[8]: vaidosa, dengosa
meneios[9]: movimentos, trejeitos
algibeira[10]: bolso
devanear[11]: fantasiar, sonhar
à larga[12]: à vontade

Inácio demorou o café o mais que pôde. Entre um e outro gole, alisava a toalha, arrancava dos dedos pedacinhos de pele imaginários, ou passava os olhos pelos quadros da sala de jantar, que eram dous, um S. Pedro e um S. João, registros trazidos de festas encaixilhados[13] em casa. Vá que disfarçasse com S. João, cuja cabeça moça alegra as imaginações católicas; mas com o austero S. Pedro era demais. A única defesa do moço Inácio é que ele não via nem um nem outro; passava os olhos por ali como por nada. Via só os braços de D. Severina – ou porque sorrateiramente[14] olhasse para eles, ou porque andasse com eles impressos na memória.

– Homem, você não acaba mais? bradou[15] de repente o solicitador. Não havia remédio; Inácio bebeu a última gota, já fria, e retirou-se, como de costume, para o seu quarto, nos fundos da casa. Entrando, fez um gesto de zanga e desespero e foi depois encostar-se a uma das duas janelas que davam para o mar. Cinco minutos depois, a vista das águas próximas e das montanhas ao longe restituía-lhe o sentimento confuso, vago, inquieto, que lhe doía e fazia bem, alguma cousa que deve sentir a planta, quando abotoa[16] a primeira flor. Tinha vontade de ir embora e de ficar. Havia cinco semanas que ali morava, e a vida era sempre a mesma, sair de manhã com o Borges, andar por audiências e cartórios, correndo, levando papéis ao selo, ao distribuidor, aos escrivães, aos oficiais de justiça. Voltava à tarde, jantava e recolhia-se ao quarto, até a hora da ceia; ceava e ia dormir. Borges não lhe dava intimidade na família, que se compunha apenas de D. Severina, nem Inácio a via mais de três vezes por dia, durante as refeições. Cinco semanas de solidão, de trabalho sem gosto, longe da mãe e das irmãs; cinco semanas de silêncio, porque ele só falava uma ou outra vez na rua; em casa, nada.

"Deixe estar – pensou ele um dia –, fujo daqui e não volto mais."

encaixilhados[13]: emoldurados
sorrateiramente[14]: às escondidas
bradar[15]: gritar
abotoar[16]: aparecer, germinar

Não foi; sentiu-se agarrado e acorrentado pelos braços de D. Severina. Nunca vira outros tão bonitos e tão frescos. A educação que tivera não lhe permitia encará-los logo abertamente, parece até que a princípio afastava os olhos, vexado[17]. Encarou-os pouco a pouco, ao ver que eles não tinham outras mangas, e assim os foi descobrindo, mirando[18] e amando. No fim de três semanas eram eles, moralmente falando, as suas tendas de repouso. Aguentava toda a trabalheira de fora, toda a melancolia[19] da solidão e do silêncio, toda a grosseria do patrão, pela única paga de ver, três vezes por dia, o famoso par de braços.

Naquele dia, enquanto a noite ia caindo e Inácio estirava-se na rede (não tinha ali outra cama), D. Severina, na sala da frente, recapitulava o episódio do jantar e, pela primeira vez, desconfiou alguma cousa. Rejeitou a ideia logo, uma criança! Mas há ideias que são da família das moscas teimosas: por mais que a gente as sacuda, elas tornam e pousam. Criança? Tinha quinze anos; e ela advertiu que entre o nariz e a boca do rapaz havia um princípio de rascunho de buço[20]. Que admira que começasse a amar? E não era ela bonita? Esta outra ideia não foi rejeitada, antes afagada e beijada. E recordou então os modos dele, os esquecimentos, as distrações, e mais um incidente, e mais outro, tudo eram sintomas, e concluiu que sim.

– Que é que você tem? disse-lhe o solicitador, estirado[21] no canapé[22], ao cabo[23] de alguns minutos de pausa.

– Não tenho nada.

– Nada? Parece que cá em casa anda tudo dormindo! Deixem estar, que eu sei de um bom remédio para tirar o sono aos dorminhocos...

E foi por ali, no mesmo tom zangado, fuzilando[24] ameaças, mas realmente incapaz de as cumprir, pois era antes grosseiro que mau. D. Severina interrompia-o que

vexado[17]: envergonhado
mirar[18]: olhar
melancolia[19]: tristeza, depressão
buço[20]: primeira penugem que nasce acima do lábio superior do homem
estirado[21]: estendido, deitado
canapé[22]: espécie de sofá
ao cabo[23]: no final
fuzilar[24]: disparar, soltar

não, que era engano, não estava dormindo, estava pensando na comadre Fortunata. Não a visitavam desde o Natal; por que não iriam lá uma daquelas noites? Borges redarguia[25] que andava cansado, trabalhava como um negro, não estava para visitas de parola[26]; e descompôs a comadre, descompôs o compadre, descompôs o afilhado, que não ia ao colégio, com dez anos! Ele, Borges, com dez anos, já sabia ler, escrever e contar, não muito bem, é certo, mas sabia. Dez anos! Havia de ter um bonito fim: – vadio, e o côvado[27] e meio nas costas. A tarimba[28] é que viria ensiná-lo.

D. Severina apaziguava-o[29] com desculpas, a pobreza da comadre, o caiporismo[30] do compadre, e fazia-lhe carinhos, a medo, que eles podiam irritá-lo mais. A noite caíra de todo; ela ouviu o *tlic* do lampião do gás da rua, que acabavam de acender, e viu o clarão dele nas janelas da casa fronteira. Borges, cansado do dia, pois era realmente um trabalhador de primeira ordem, foi fechando os olhos e pegando no sono, e deixou-a só na sala, às escuras, consigo e com a descoberta que acaba de fazer.

Tudo parecia dizer à dama que era verdade; mas essa verdade, desfeita a impressão do assombro, trouxe-lhe uma complicação moral, que ela só conheceu pelos efeitos, não achando meio de discernir[31] o que era. Não podia entender--se nem equilibrar-se, chegou a pensar em dizer tudo ao solicitador, e ele que mandasse embora o fedelho[32]. Mas que era tudo? Aqui estacou[33]: realmente, não havia mais que suposição, coincidência e possivelmente ilusão. Não, não, ilusão não era. E logo recolhia os indícios vagos, as atitudes do mocinho, o acanhamento, as distrações, para rejeitar a ideia de estar enganada. Daí a pouco (capciosa[34] natureza!), refletindo que seria mau acusá-lo sem fundamento, admitiu que se iludisse, para o único fim de observá-lo melhor e averiguar bem a realidade das cousas.

redarguir[25]: responder, replicar
parola[26]: conversa fiada
côvado[27]: antiga medida de comprimento equivalente a 66 cm
tarimba[28]: experiência
apaziguar[29]: acalmar
caiporismo[30]: má sorte
discernir[31]: perceber claramente
fedelho[32]: criança, rapazola
estacar[33]: parar de repente
capciosa[34]: manhosa, enganosa

Já nessa noite, D. Severina mirava por baixo dos olhos os gestos de Inácio; não chegou a achar nada, porque o tempo do chá era curto e o rapazinho não tirou os olhos da xícara. No dia seguinte pôde observar melhor, e nos outros otimamente. Percebeu que sim, que era amada e temida, amor adolescente e virgem, retido pelos liames[35] sociais e por um sentimento de inferioridade que o impedia de reconhecer-se a si mesmo. D. Severina compreendeu que não havia recear nenhum desacato, e concluiu que o melhor era não dizer nada ao solicitador; poupava-lhe um desgosto, e outro à pobre criança. Já se persuadia bem que ele era criança, e assentou[36] de o tratar tão secamente como até ali, ou ainda mais. E assim fez; Inácio começou a sentir que ela fugia com os olhos, ou falava áspero, quase tanto como o próprio Borges. De outras vezes, é verdade que o tom da voz saía brando e até meigo, muito meigo; assim como o olhar geralmente esquivo[37], tanto errava por outras partes, que, para descansar, vinha pousar na cabeça dele; mas tudo isso era curto.

– Vou-me embora, repetia ele na rua como nos primeiros dias. Chegava a casa e não se ia embora. Os braços de D. Severina fechavam-lhe um parêntesis no meio do longo e fastidioso[38] período da vida que levava, e essa oração intercalada trazia uma ideia original e profunda, inventada pelo céu unicamente para ele. Deixava-se estar e ia andando. Afinal, porém, teve de sair, e para nunca mais; eis aqui como e porquê.

D. Severina tratava-o desde alguns dias com benignidade[39]. A rudeza da voz parecia acabada, e havia mais do que brandura, havia desvelo[40] e carinho. Um dia recomendava-lhe que não apanhasse ar, outro que não bebesse água fria depois do café quente, conselhos, lembranças, cuidados de amiga e mãe, que lhe lançaram na alma ainda maior inquietação e confusão. Inácio chegou ao extremo de confiança de rir um dia à mesa,

liames[35]: vínculos
assentar[36]: decidir
esquivo[37]: arredio, arisco
fastidioso[38]: enfadonho, aborrecido
benignidade[39]: bondade, cortesia
desvelo[40]: dedicação

cousa que jamais fizera; e o solicitador não o tratou mal dessa vez, porque era ele que contava um caso engraçado, e ninguém pune a outro pelo aplauso que recebe. Foi então que D. Severina viu que a boca do mocinho, graciosa estando calada, não o era menos quando ria.

A agitação de Inácio ia crescendo, sem que ele pudesse acalmar-se nem entender-se. Não estava bem em parte nenhuma. Acordava de noite, pensando em D. Severina. Na rua, trocava de esquinas, errava as portas, muito mais que dantes, e não via mulher, ao longe ou ao perto, que lha não trouxesse à memória. Ao entrar no corredor da casa, voltando do trabalho, sentia sempre algum alvoroço, às vezes grande, quando dava com ela no topo da escada, olhando através das grades de pau da cancela[41], como tendo acudido[42] a ver quem era.

Um domingo – nunca ele esqueceu esse domingo –, estava só no quarto, à janela, virado para o mar, que lhe falava a mesma linguagem obscura e nova de D. Severina. Divertia-se em olhar para as gaivotas, que faziam grandes giros no ar, ou pairavam em cima d'água, ou avoaçavam[43] somente. O dia estava lindíssimo. Não era só um domingo cristão; era um imenso domingo universal.

Inácio passava-os todos ali no quarto ou à janela, ou relendo um dos três folhetos que trouxera consigo, contos de outros tempos, comprados a tostão, debaixo do passadiço[44] do Largo do Paço. Eram duas horas da tarde. Estava cansado, dormira mal a noite, depois de haver andado muito na véspera; estirou-se na rede, pegou em um dos folhetos, a *Princesa Magalona*[45], e começou a ler. Nunca pôde entender por que é que todas as heroínas dessas velhas histórias tinham a mesma cara e talhe de D. Severina, mas a verdade é que os tinham. Ao cabo de meia hora, deixou cair o folheto e pôs os olhos na parede, donde, cinco minutos depois, viu sair a dama dos seus cuidados. O natural era que se espantasse; mas não se espantou.

cancela[41]: porta gradeada
acudir[42]: dirigir-se, atender a um chamado
avoaçar[43]: voar, flutuar
passadiço[44]: passagem externa que liga dois prédios
Princesa Magalona[45]: referência a um livro de origem medieval muito popular no Brasil

Embora com as pálpebras cerradas viu-a desprender-se de todo, parar, sorrir e andar para a rede. Era ela mesma; eram os seus mesmos braços.

É certo, porém, que D. Severina, tanto não podia sair da parede, dado que houvesse ali porta ou rasgão, que estava justamente na sala da frente ouvindo os passos do solicitador que descia as escadas. Ouviu-o descer; foi à janela vê-lo sair e só se recolheu quando ele se perdeu ao longe, no caminho da Rua das Mangueiras. Então entrou e foi sentar-se no canapé. Parecia fora do natural, inquieta, quase maluca; levantando-se, foi pegar na jarra que estava em cima do aparador e deixou-a no mesmo lugar; depois caminhou até à porta, deteve-se e voltou, ao que parece, sem plano. Sentou-se outra vez, cinco ou dez minutos. De repente, lembrou-se que Inácio comera pouco ao almoço e tinha o ar abatido, e advertiu que podia estar doente; podia ser até que estivesse muito mal.

Saiu da sala, atravessou rasgadamente[46] o corredor e foi até o quarto do mocinho, cuja porta achou escancarada. D. Severina parou, espiou, deu com ele na rede, dormindo, com o braço para fora e o folheto caído no chão. A cabeça inclinava-se um pouco do lado da porta, deixando ver os olhos fechados, os cabelos revoltos e um grande ar de riso e de beatitude[47].

D. Severina sentiu bater-lhe o coração com veemência[48] e recuou. Sonhara de noite com ele; pode ser que ele estivesse sonhando com ela. Desde madrugada que a figura do mocinho andava-lhe diante dos olhos como uma tentação diabólica. Recuou ainda, depois voltou, olhou dous, três, cinco minutos, ou mais. Parece que o sono dava à adolescência de Inácio uma expressão mais acentuada, quase feminina, quase pueril[49]. "Uma criança!" disse ela a si mesma, naquela língua sem palavras que todos trazemos conosco. E esta ideia abateu-lhe o alvoroço do sangue e dissipou-lhe[50] em parte a turvação[51] dos sentidos.

"Uma criança!"

rasgadamente[46]: livremente
beatitude[47]: felicidade suprema
veemência[48]: vigor, intensidade
pueril[49]: infantil
dissipar[50]: desfazer, fazer desaparecer
turvação[51]: perturbação

E mirou-o lentamente, fartou-se de vê-lo, com a cabeça inclinada, o braço caído; mas, ao mesmo tempo que o achava criança, achava-o bonito, muito mais bonito que acordado, e uma dessas ideias corrigia ou corrompia a outra. De repente estremeceu e recuou assustada: ouvira um ruído ao pé, na saleta do engomado[52]; foi ver, era um gato que deitara uma tigela ao chão. Voltando devagarinho a espiá-lo, viu que dormia profundamente. Tinha o sono duro a criança! O rumor que a abalara tanto, não o fez sequer mudar de posição. E ela continuou a vê-lo dormir – dormir e talvez sonhar.

Que não possamos ver os sonhos uns dos outros! D. Severina ter-se-ia visto a si mesma na imaginação do rapaz; ter-se-ia visto diante da rede, risonha e parada; depois inclinar-se, pegar-lhe nas mãos, levá-las ao peito, cruzando ali os braços, os famosos braços. Inácio, namorado[53] deles, ainda assim ouvia as palavras dela, que eram lindas, cálidas[54], principalmente novas – ou, pelo menos, pertenciam a algum idioma que ele não conhecia, posto que[55] o entendesse. Duas, três e quatro vezes a figura esvaía-se[56], para tornar logo, vindo do mar ou de outra parte, entre gaivotas, ou atravessando o corredor, com toda a graça robusta de que era capaz. E tornando, inclinava-se, pegava-lhe outra vez das mãos e cruzava ao peito os braços, até que, inclinando-se, ainda mais, muito mais, abrochou[57] os lábios e deixou-lhe um beijo na boca.

Aqui o sonho coincidiu com a realidade, e as mesmas bocas uniram-se na imaginação e fora dela. A diferença é que a visão não recuou, e a pessoa real, tão depressa cumprira o gesto, como fugiu até à porta, vexada e medrosa. Dali passou à sala da frente, aturdida[58] do que fizera, sem olhar fixamente para nada. Afiava o ouvido, ia até o fim do corredor, a ver se escutava algum rumor que lhe dissesse que ele acordara, e só depois de muito tempo é que o medo foi passando. Na verdade, a criança tinha o sono duro; nada lhe abria os olhos, nem os

engomado[52]: passado a ferro com goma (tecido ou roupa, por exemplo, para ficar com aparência ótima)
namorado[53]: seduzido
cálidas[54]: ardentes
posto que[55]: embora
esvair-se[56]: desaparecer
abrochar[57]: apertar, franzir
aturdida[58]: atordoada, perturbada

fracassos contíguos[59], nem os beijos de verdade. Mas, se o medo foi passando, o vexame ficou e cresceu. D. Severina não acabava de crer que fizesse aquilo; parece que embrulhara os seus desejos na ideia de que era uma criança namorada que ali estava sem consciência nem imputação[60]; e, meia mãe, meia amiga, inclinara-se e beijara-o. Fosse como fosse, estava confusa, irritada, aborrecida, mal consigo e mal com ele. O medo de que ele podia estar fingindo que dormia apontou-lhe na alma e deu-lhe um calafrio.

Mas a verdade é que dormiu ainda muito, e só acordou para jantar. Sentou-se à mesa lépido[61]. Conquanto[62] achasse D. Severina calada e severa e o solicitador tão ríspido como nos outros dias, nem a rispidez de um, nem a severidade da outra podiam dissipar-lhe a visão graciosa que ainda trazia consigo, ou amortecer-lhe a sensação do beijo. Não reparou que D. Severina tinha um xale que lhe cobria os braços; reparou depois, na segunda-feira, e na terça-feira, também, e até sábado, que foi o dia em que Borges mandou dizer ao pai que não podia ficar com ele; e não o fez zangado, porque o tratou relativamente bem e ainda lhe disse à saída:

– Quando precisar de mim para alguma cousa procure-me.

– Sim, senhor. A Sra. D. Severina...

– Está lá para o quarto, com muita dor de cabeça. Venha amanhã ou depois despedir-se dela.

Inácio saiu sem entender nada. Não entendia a despedida, nem a completa mudança de D. Severina, em relação a ele, nem o xale, nem nada. Estava tão bem! falava-lhe com tanta amizade! Como é que, de repente... Tanto pensou que acabou supondo de sua parte algum olhar indiscreto, alguma distração que a ofendera; não era outra cousa; e daqui a cara fechada e o xale que cobria os braços tão bonitos... Não importa; levava consigo o sabor do sonho. E através dos anos,

contíguos[59]: próximos, sucessivos
imputação[60]: responsabilidade
lépido[61]: alegre, radiante
conquanto[62]: embora

por meio de outros amores, mais efetivos e longos, nenhuma sensação achou nunca igual à daquele domingo, na Rua da Lapa, quando ele tinha quinze anos. Ele mesmo exclama às vezes, sem saber que se engana:

– E foi um sonho! um simples sonho!

Cantiga de Esponsais[1]

Imagine a leitora que está em 1813, na igreja do Carmo, ouvindo uma daquelas boas festas antigas, que eram todo o recreio público e toda a arte musical. Sabem o que é uma missa cantada; podem imaginar o que seria uma missa cantada daqueles anos remotos. Não lhe chamo a atenção para os padres e os sacristães, nem para o sermão, nem para os olhos das moças cariocas, que já eram bonitos nesse tempo, nem para as mantilhas[2] das senhoras graves, os calções, as cabeleiras, as sanefas[3], as luzes, os incensos, nada. Não falo sequer da orquestra, que é excelente; limito-me a mostrar-lhes uma cabeça branca, a cabeça desse velho que rege a orquestra, com alma e devoção.

Chama-se Romão Pires; terá sessenta anos, não menos, nasceu no Valongo, ou por esses lados. É bom músico e bom homem; todos os músicos gostam dele. Mestre Romão é o nome familiar; e dizer familiar e público era a mesma cousa em tal matéria e naquele tempo. "Quem rege a missa é mestre Romão" – equivalia a esta outra forma de anúncio, anos depois: "Entra em cena o ator João Caetano" –, ou então: "O ator Martinho cantará uma de suas melhores árias[4]". Era o tempero certo, o chamariz[5] delicado e popular. Mestre Romão rege a festa! Quem não conhecia mestre Romão, com o seu ar circunspecto[6], olhos no chão, riso triste, e passo demorado? Tudo isso desaparecia à frente da orquestra; então a vida derramava-se por todo o corpo e todos os gestos do mestre; o olhar acendia-se, o riso iluminava-se: era outro. Não que a missa fosse dele; esta, por exemplo, que ele rege agora no Carmo é de José Maurício; mas ele rege-a com o mesmo amor que empregaria, se a missa fosse sua.

esponsais[1]: contrato de casamento, noivado
mantilhas[2]: véus
sanefas[3]: espécie de babados que se coloca na parte de cima das cortinas
árias[4]: canções
chamariz[5]: atrativo
circunspecto[6]: sério, reservado

Acabou a festa; é como se acabasse um clarão intenso, e deixasse o rosto apenas alumiado[7] da luz ordinária. Ei-lo que desce do coro, apoiado na bengala; vai à sacristia beijar a mão aos padres e aceita um lugar à mesa do jantar. Tudo isso indiferente e calado. Jantou, saiu, caminhou para a Rua da Mãe dos Homens, onde reside, com um preto velho, pai José, que é a sua verdadeira mãe, e que neste momento conversa com uma vizinha.

– Mestre Romão lá vem, pai José, disse a vizinha.

– Eh! eh! adeus, sinhá, até logo.

Pai José deu um salto, entrou em casa, e esperou o senhor, que daí a pouco entrava com o mesmo ar do costume. A casa não era rica naturalmente; nem alegre. Não tinha o menor vestígio de mulher, velha ou moça, nem passarinhos que cantassem, nem flores, nem cores vivas ou jucundas[8]. Casa sombria e nua. O mais alegre era um cravo[9], onde o mestre Romão tocava algumas vezes, estudando. Sobre uma cadeira, ao pé, alguns papéis de música; nenhuma dele...

Ah! se mestre Romão pudesse seria um grande compositor. Parece que há duas sortes[10] de vocação, as que têm língua e as que a não têm. As primeiras realizam-se; as últimas representam uma luta constante e estéril[11] entre o impulso interior e a ausência de um modo de comunicação com os homens. Romão era destas. Tinha a vocação íntima da música; trazia dentro de si muitas óperas e missas, um mundo de harmonias novas e originais, que não alcançava exprimir e pôr no papel. Esta era a causa única de tristeza de mestre Romão. Naturalmente o vulgo[12] não atinava[13] com ela; uns diziam isto, outros aquilo: doença, falta de dinheiro, algum desgosto antigo; mas a verdade é esta: – a causa da melancolia de mestre Romão era não poder compor, não possuir o meio de traduzir o que sentia. Não é que não rabiscasse muito papel e não interrogasse o cravo, durante horas; mas tudo lhe saía

alumiado[7]: iluminado
jucundas[8]: alegres
cravo[9]: instrumento musical de teclado e cordas, piano antigo
sortes[10]: gêneros, tipos
estéril[11]: infecunda, que não produz
vulgo[12]: as pessoas comuns
atinar[13]: perceber, compreender

informe[14], sem ideia nem harmonia. Nos últimos tempos tinha até vergonha da vizinhança, e não tentava mais nada.

E, entretanto, se pudesse, acabaria ao menos uma certa peça, um canto esponsalício[15], começado três dias depois de casado, em 1779. A mulher, que tinha então vinte e um anos, e morreu com vinte e três, não era muito bonita, nem pouco, mas extremamente simpática, e amava-o tanto como ele a ela. Três dias depois de casado, mestre Romão sentiu em si alguma cousa parecida com inspiração. Ideou[16] então o canto esponsalício, e quis compô-lo; mas a inspiração não pôde sair. Como um pássaro que acaba de ser preso, e forceja[17] por transpor as paredes da gaiola, abaixo, acima, impaciente, aterrado[18], assim batia a inspiração do nosso músico, encerrada nele sem poder sair, sem achar uma porta, nada. Algumas notas chegaram a ligar-se; ele escreveu-as; obra de uma folha de papel, não mais. Teimou no dia seguinte, dez dias depois, vinte vezes durante o tempo de casado. Quando a mulher morreu, ele releu essas primeiras notas conjugais, e ficou ainda mais triste, por não ter podido fixar no papel a sensação de felicidade extinta.

– Pai José, disse ele ao entrar, sinto-me hoje adoentado.

– Sinhô comeu alguma cousa que fez mal...

– Não; já de manhã não estava bom. Vai à botica[19]...

O boticário mandou alguma cousa, que ele tomou à noite; no dia seguinte mestre Romão não se sentia melhor. É preciso dizer que ele padecia do coração: – moléstia grave e crônica. Pai José ficou aterrado, quando viu que o incômodo não cedera ao remédio, nem ao repouso, e quis chamar o médico.

– Para quê? disse o mestre. Isto passa.

O dia não acabou pior; e a noite suportou-a ele bem, não assim o preto, que mal pôde dormir duas horas. A vizinhança, apenas soube do incômodo, não quis outro motivo

informe[14]: sem forma
esponsalício[15]: relativo ao noivado
idear[16]: idealizar, imaginar
forcejar[17]: esforçar-se
aterrado[18]: apavorado
botica[19]: farmácia

de palestra[20]; os que entretinham[21] relações com o mestre foram visitá-lo. E diziam-lhe que não era nada, que eram macacoas[22] do tempo; um acrescentava graciosamente que era manha, para fugir aos capotes[23] que o boticário lhe dava no gamão[24] – outro que eram amores. Mestre Romão sorria, mas consigo mesmo dizia que era o final.

"Está acabado", pensava ele.

Um dia de manhã, cinco depois da festa, o médico achou-o realmente mal; e foi isso o que ele lhe viu na fisionomia por trás das palavras enganadoras:

– Isto não é nada; é preciso não pensar em músicas...

Em músicas! justamente esta palavra do médico deu ao mestre um pensamento. Logo que ficou só, com o escravo, abriu a gaveta onde guardava desde 1779 o canto esponsalício começado. Releu essas notas arrancadas a custo, e não concluídas. E então teve uma ideia singular: – rematar[25] a obra agora, fosse como fosse; qualquer cousa servia, uma vez que deixasse um pouco de alma na terra.

– Quem sabe? Em 1880, talvez se toque isto, e se conte que um mestre Romão...

O princípio do canto rematava em um certo *lá;* este *lá,* que lhe caía bem no lugar, era a nota derradeiramente[26] escrita. Mestre Romão ordenou que lhe levassem o cravo para a sala do fundo, que dava para o quintal: era-lhe preciso ar. Pela janela viu na janela dos fundos de outra casa dous casadinhos de oito dias, debruçados, com os braços por cima dos ombros, e duas mãos presas. Mestre Romão sorriu com tristeza.

– Aqueles chegam, disse ele, eu saio. Comporei ao menos este canto que eles poderão tocar...

Sentou-se ao cravo; reproduziu as notas e chegou ao *lá...*

– *Lá, lá, lá...*

Nada, não passava adiante. E contudo, ele sabia música como gente.

palestra[20]: conversa
entreter[21]: manter
macacoas[22]: doenças sem gravidade
capotes[23]: vitórias
gamão[24]: tipo de jogo de tabuleiro
rematar[25]: terminar
derradeiramente[26]: por último

Lá, dó... lá, mi... lá, si, dó,ré... ré... ré...

Impossível! nenhuma inspiração. Não exigia uma peça profundamente original, mas enfim alguma cousa, que não fosse de outro e se ligasse ao pensamento começado. Voltava ao princípio, repetia as notas, buscava reaver um retalho da sensação extinta, lembrava-se da mulher, dos primeiros tempos. Para completar a ilusão, deitava os olhos pela janela para o lado dos casadinhos. Estes continuavam ali, com as mãos presas e os braços passados nos ombros um do outro; a diferença é que se miravam[27] agora, em vez de olhar para baixo. Mestre Romão, ofegante da moléstia e de impaciência, tornava ao cravo; mas a vista do casal não lhe suprira[28] a inspiração, e as notas seguintes não soavam.

– *Lá... lá... lá...*

Desesperado, deixou o cravo, pegou do papel escrito e rasgou-o. Nesse momento, a moça embebida no olhar do marido, começou a cantarolar à toa, inconscientemente, uma cousa nunca antes cantada nem sabida, na qual cousa um certo *lá* trazia após *si* uma linda frase musical, justamente a que mestre Romão procurara durante anos sem achar nunca. O mestre ouviu-a com tristeza, abanou a cabeça, e à noite expirou[29].

mirar[27]: olhar
suprir[28]: abastecer
expirar[29]: morrer

O Relógio de Ouro

Agora contarei a história do relógio de ouro. Era um grande cronômetro, inteiramente novo, preso a uma elegante cadeia. Luís Negreiros tinha muita razão em ficar boquiaberto[1] quando viu o relógio em casa, um relógio que não era dele, nem podia ser de sua mulher. Seria ilusão dos seus olhos? Não era; o relógio ali estava sobre uma mesa da alcova[2], a olhar para ele, talvez tão espantado, como ele, do lugar e da situação.

Clarinha não estava na alcova quando Luís Negreiros ali entrou. Deixou-se ficar na sala, a folhear um romance, sem corresponder muito nem pouco ao ósculo[3] com que o marido a cumprimentou logo à entrada. Era uma bonita moça esta Clarinha, ainda que um tanto pálida, ou por isso mesmo. Era pequena e delgada[4]; de longe parecia uma criança; de perto, quem lhe examinasse os olhos, veria bem que era mulher como poucas. Estava molemente reclinada no sofá, com o livro aberto, e os olhos no livro, os olhos apenas, porque o pensamento, não tenho certeza se estava no livro, se em outra parte. Em todo o caso parecia alheia[5] ao marido e ao relógio.

Luís Negreiros lançou mão do relógio com uma expressão que eu não me atrevo a descrever. Nem o relógio, nem a corrente eram dele; também não eram de pessoas suas conhecidas. Tratava-se de uma charada. Luís Negreiros gostava de charadas, e passava por ser decifrador intrépido[6]; mas gostava de charadas nas folhinhas ou nos jornais. Charadas palpáveis ou cronométricas, e sobretudo sem conceito, não as apreciava Luís Negreiros.

boquiaberto[1]: de boca aberta, muito admirado
alcova[2]: dormitório
ósculo[3]: beijo
delgada[4]: magra
alheia[5]: indiferente
intrépido[6]: audacioso, corajoso

Por esse motivo, e outros que são óbvios, compreenderá o leitor que o esposo de Clarinha se atirasse sobre uma cadeira, puxasse raivosamente os cabelos, batesse com o pé no chão, e lançasse o relógio e a corrente para cima da mesa. Terminada esta primeira manifestação de furor[7], Luís Negreiros pegou de novo nos fatais objetos, e de novo os examinou. Ficou na mesma. Cruzou os braços durante algum tempo e refletiu sobre o caso, interrogou todas as suas recordações, e concluiu no fim de tudo que, sem uma explicação de Clarinha qualquer procedimento fora baldado[8] ou precipitado.

Foi ter com ela.

Clarinha acabava justamente de ler uma página e voltava a folha com o ar indiferente e tranquilo de quem não pensa em decifrar charadas de cronômetro. Luís Negreiros encarou-a; seus olhos pareciam dous reluzentes[9] punhais.

– Que tens? perguntou a moça com a voz doce e meiga que toda a gente concordava em lhe achar.

Luís Negreiros não respondeu à interrogação da mulher; olhou algum tempo para ela; depois deu duas voltas na sala, passando a mão pelos cabelos, por modo que a moça de novo lhe perguntou:

– Que tens?

Luís Negreiros parou defronte dela.

– Que é isto? disse ele tirando do bolso o fatal relógio e apresentando-lho diante dos olhos. Que é isto? repetiu ele com voz de trovão.

Clarinha mordeu os beiços e não respondeu. Luís Negreiros esteve algum tempo com o relógio na mão e os olhos na mulher, a qual tinha os seus olhos no livro. O silêncio era profundo. Luís Negreiros foi o primeiro que o rompeu, atirando estrepitosamente[10] o relógio ao chão, e dizendo em seguida à esposa:

– Vamos, de quem é aquele relógio?

furor[7]: grande exaltação, fúria
baldado[8]: inútil
reluzentes[9]: brilhantes
estrepitosamente[10]: de forma barulhenta

Clarinha ergueu lentamente os olhos para ele, abaixou-os depois, e murmurou:

– Não sei.

Luís Negreiros fez um gesto como de quem queria esganá-la; conteve-se[11]. A mulher levantou-se, apanhou o relógio e pô-lo sobre uma mesa pequena. Não se pôde conter Luís Negreiros. Caminhou para ela, e, segurando-lhe nos pulsos com força, lhe disse:

– Não me responderás, demônio? Não me explicarás esse enigma?

Clarinha fez um gesto de dor, e Luís Negreiros imediatamente lhe soltou os pulsos que estavam arrochados[12]. Noutras circunstâncias é provável que Luís Negreiros lhe caísse aos pés e pedisse perdão de a haver machucado. Naquela, nem se lembrou disso; deixou-a no meio da sala e entrou a passear de novo, sempre agitado, parando de quando em quando, como se meditasse algum desfecho trágico.

Clarinha saiu da sala.

Pouco depois veio um escravo dizer que o jantar estava na mesa.

– Onde está a senhora?

– Não sei, não, senhor.

Luís Negreiros foi procurar a mulher, achou-a numa saleta de costura, sentada numa cadeira baixa, com a cabeça nas mãos a soluçar. Ao ruído que ele fez na ocasião de fechar a porta atrás de si, Clarinha levantou a cabeça, e Luís Negreiros pôde ver-lhe as faces úmidas de lágrimas. Esta situação foi ainda pior para ele que a da sala. Luís Negreiros não podia ver chorar uma mulher, sobretudo a dele. Ia enxugar-lhe as lágrimas com um beijo, mas reprimiu o gesto, e caminhou frio para ela; puxou uma cadeira e sentou-se em frente de Clarinha.

conter-se[11]: reprimir-se
arrochados[12]: muito apertados

– Estou tranquilo, como vês, disse ele, responde-me ao que te perguntei com a franqueza que sempre usaste comigo. Eu não te acuso nem suspeito nada de ti. Quisera simplesmente saber como foi parar ali aquele relógio. Foi teu pai que o esqueceu cá?

– Não.

– Mas então...

– Oh! não me perguntes nada! exclamou Clarinha; ignoro como esse relógio se acha ali... Não sei de quem é... deixa-me.

– É demais! urrou Luís Negreiros, levantando-se e atirando a cadeira ao chão.

Clarinha estremeceu, e deixou-se ficar onde estava. A situação tornava-se cada vez mais grave; Luís Negreiros passeava cada vez mais agitado, revolvendo[13] os olhos nas órbitas[14], e parecendo prestes a atirar-se sobre a infeliz esposa. Esta, com os cotovelos no regaço[15] e a cabeça nas mãos, tinha os olhos encravados[16] na parede. Correu assim cerca de um quarto de hora. Luís Negreiros ia de novo interrogar a esposa, quando ouviu a voz do sogro, que subia as escadas gritando:

– Ó seu Luís! ó seu malandrim[17]!

– Aí vem teu pai! disse Luís Negreiros; logo me pagarás. Saiu da sala de costura e foi receber o sogro, que já estava no meio da sala, fazendo viravoltas com o chapéu de sol, com grande risco das jarras e do candelabro.

– Vocês estavam dormindo? perguntou o Sr. Meireles tirando o chapéu e limpando a testa com um grande lenço encarnado[18].

– Não, senhor, estávamos conversando...

– Conversando?... repetiu Meireles.

E acrescentou consigo:

"Estavam de arrufos[19]... é o que há de ser".

– Vamos justamente jantar, disse Luís Negreiros. Janta conosco?

revolver[13]: revirar
órbitas[14]: cavidades ósseas onde ficam os olhos
regaço[15]: colo
encravados[16]: fixados
malandrim[17]: malandro
encarnado[18]: vermelho
arrufos[19]: brigas, ressentimentos

– Não vim cá para outra cousa, acudiu Meireles; janto hoje e amanhã também. Não me convidaste, mas é o mesmo.

– Não o convidei?...

– Sim, não fazes anos amanhã?

– Ah! é verdade...

Não havia razão aparente para que, depois destas palavras ditas com um tom lúgubre[20], Luís Negreiros repetisse, mas desta vez com um tom descomunalmente alegre:

– Ah! é verdade!...

Meireles, que já ia pôr o chapéu num cabide do corredor, voltou-se espantado para o genro, em cujo rosto leu a mais franca, súbita e inexplicável alegria.

– Está maluco! disse baixinho Meireles.

– Vamos jantar, bradou o genro, indo logo para dentro, enquanto Meireles seguindo pelo corredor ia ter à sala de jantar.

Luís Negreiros foi ter com a mulher na sala de costura, e achou-a de pé, compondo os cabelos diante de um espelho:

– Obrigado, disse.

A moça olhou para ele admirada.

– Obrigado, repetiu Luís Negreiros; obrigado e perdoa-me.

Dizendo isto, procurou Luís Negreiros abraçá-la; mas a moça, com um gesto nobre, repeliu o afago[21] do marido e foi para a sala de jantar.

– Tem razão! murmurou Luís Negreiros.

Daí a pouco achavam-se todos três à mesa do jantar, e foi servida a sopa, que Meireles achou, como era natural, de gelo. Ia já fazer um discurso a respeito da incúria[22] dos criados, quando Luís Negreiros confessou que toda a culpa era dele, porque o jantar estava há muito na mesa. A declaração apenas mudou o assunto do discurso, que versou então sobre a terrível cousa que era um jantar requentado – *qui ne valut jamais rien*[23].

lúgubre[20]: sombrio, fúnebre
afago[21]: carinho
incúria[22]: desleixo
qui ne valut jamais rien[23]: (*francês*) que nunca valeu nada

Meireles era um homem alegre, pilhérico[24], talvez frívolo[25] demais para a idade, mas em todo o caso interessante pessoa. Luís Negreiros gostava muito dele, e via correspondida essa afeição de parente e de amigo, tanto mais sincera quanto que Meireles só tarde e de má vontade lhe dera a filha. Durou o namoro cerca de quatro anos, gastando o pai de Clarinha mais de dous em meditar e resolver o assunto do casamento. Afinal deu a sua decisão, levado antes das lágrimas da filha que dos predicados[26] do genro, dizia ele.

A causa da longa hesitação eram os costumes pouco austeros[27] de Luís Negreiros, não os que ele tinha durante o namoro, mas os que tivera antes e os que poderia vir a ter depois. Meireles confessava ingenuamente que fora marido pouco exemplar, e achava que por isso mesmo devia dar à filha melhor esposo do que ele. Luís Negreiros desmentiu as apreensões do sogro; o leão impetuoso[28] dos outros dias tornou-se um pacato[29] cordeiro. A amizade nasceu franca entre o sogro e o genro, e Clarinha passou a ser uma das mais invejadas moças da cidade.

E era tanto maior o mérito de Luís Negreiros quanto que não lhe faltavam tentações. O diabo metia-se às vezes na pele de um amigo e ia convidá-lo a uma recordação dos antigos tempos. Mas Luís Negreiros dizia que se recolhera a bom porto e não queria arriscar-se outra vez às tormentas do alto-mar.

Clarinha amava ternamente o marido, e era a mais dócil e afável criatura que por aqueles tempos respirava o ar fluminense. Nunca entre ambos se dera o menor arrufo; a limpidez do céu conjugal era sempre a mesma e parecia vir a ser duradoura. Que mau destino lhe soprou ali a primeira nuvem?

Durante o jantar Clarinha não disse palavra – ou poucas dissera, ainda assim as mais breves e em tom seco.

pilhérico[24]: engraçado, zombador
frívolo[25]: fútil, superficial
predicados[26]: qualidades
austeros[27]: severos
impetuoso[28]: impulsivo, exaltado
pacato[29]: tranquilo

"Estão de arrufo, não há dúvida", pensou Meireles ao ver a pertinaz[30] mudez da filha. "Ou a arrufada é só ela, porque ele parece-me lépido[31]."

Luís Negreiros efetivamente desfazia-se todo em agrados, mimos e cortesias com a mulher, que nem sequer olhava em cheio para ele. O marido já dava o sogro a todos os diabos, desejoso de ficar a sós com a esposa, para a explicação última, que reconciliaria os ânimos. Clarinha não parecia desejá-lo; comeu pouco e duas ou três vezes soltou-se-lhe do peito um suspiro.

Já se vê que o jantar, por maiores que fossem os esforços, não podia ser como nos outros dias. Meireles sobretudo achava-se acanhado. Não era que receasse algum grande acontecimento em casa; sua ideia é que sem arrufos não se aprecia a felicidade, como sem tempestade não se aprecia o bom tempo. Contudo, a tristeza da filha sempre lhe punha água na fervura.

Quando veio o café, Meireles propôs que fossem todos três ao teatro; Luís Negreiros aceitou a ideia com entusiasmo. Clarinha recusou secamente.

– Não te entendo hoje, Clarinha, disse o pai com um modo impaciente. Teu marido está alegre e tu pareces-me abatida e preocupada. Que tens?

Clarinha não respondeu; Luís Negreiros, sem saber o que havia de dizer, tomou a resolução de fazer bolinhas de miolo de pão. Meireles levantou os ombros.

– Vocês lá se entendem, disse ele. Se amanhã, apesar de ser o dia que é, vocês estiverem do mesmo modo, prometo-lhes que nem a sombra me verão.

– Oh! há de vir, ia dizendo Luís Negreiros, mas foi interrompido pela mulher que desatou a chorar. O jantar acabou assim triste e aborrecido. Meireles pediu ao genro que lhe explicasse o que aquilo era, e este prometeu que lhe diria tudo em ocasião oportuna.

pertinaz[30]: persistente
lépido[31]: risonho, alegre

Pouco depois saía o pai de Clarinha protestando de novo que, se no dia seguinte os achasse do mesmo modo, nunca mais voltaria à casa deles, e que se havia cousa pior que um jantar frio ou requentado, era um jantar mal digerido. Este axioma[32] valia o de Boileau[33], mas ninguém lhe prestou atenção.

Clarinha fora para o quarto; o marido, apenas se despediu do sogro, foi ter com ela. Achou-a sentada na cama, com a cabeça sobre uma almofada, e soluçando. Luís Negreiros ajoelhou-se diante dela e pegou-lhe numa das mãos.

– Clarinha, disse ele, perdoa-me tudo. Já tenho a explicação do relógio; se teu pai não me fala em vir jantar amanhã, eu não era capaz de adivinhar que o relógio era um presente de anos que tu me fazias.

Não me atrevo a descrever o soberbo[34] gesto de indignação com que a moça se pôs de pé quando ouviu estas palavras do marido. Luís Negreiros olhou para ela sem compreender nada. A moça não disse uma nem duas; saiu do quarto e deixou o infeliz consorte[35] mais admirado que nunca.

"Mas que enigma é este?" perguntava a si mesmo Luís Negreiros. "Se não era um mimo de anos, que explicação pode ter o tal relógio?"

A situação era a mesma que antes do jantar. Luís Negreiros assentou de descobrir tudo naquela noite. Achou, entretanto, que era conveniente refletir maduramente no caso e assentar[36] numa resolução que fosse decisiva. Com este propósito recolheu-se ao seu gabinete, e ali recordou tudo o que se havia passado desde que chegara a casa. Pesou friamente todas as razões, todos os incidentes, e buscou reproduzir na memória a expressão do rosto da moça, em toda aquela tarde. O gesto de indignação e a repulsa quando ele a foi abraçar na sala de costura, eram a favor dela; mas o movimento com que mordera os lábios no momento em que ele lhe apresentou o relógio, as lágrimas que lhe rebentaram à mesa, e mais que tudo o silêncio que

axioma[32]: máxima, sentença
Boileau[33]: escritor francês (1636-1711)
soberbo[34]: grandioso, magnífico
consorte[35]: cônjuge, marido
assentar[36]: decidir

ela conservava a respeito da procedência do fatal objeto, tudo isso falava contra a moça.

Luís Negreiros, depois de muito cogitar, inclinou-se à mais triste e deplorável das hipóteses. Uma ideia má começou a enterrar-se-lhe no espírito, à maneira de verruma[37], e tão fundo penetrou, que se apoderou dele em poucos instantes. Luís Negreiros era homem assomado[38] quando a ocasião o pedia. Proferiu duas ou três ameaças, saiu do gabinete e foi ter com a mulher.

Clarinha recolhera-se de novo ao quarto. A porta estava apenas cerrada[39]. Eram nove horas da noite. Uma pequena lamparina alumiava[40] escassamente o aposento. A moça estava outra vez assentada na cama, mas já não chorava; tinha os olhos fitos[41] no chão. Nem os levantou quando sentiu entrar o marido.

Houve um momento de silêncio.

Luís Negreiros foi o primeiro que falou.

– Clarinha, disse ele, este momento é solene. Responde-me ao que te pergunto desde esta tarde?

A moça não respondeu.

– Reflete bem, Clarinha, continuou o marido. Podes arriscar a tua vida.

A moça levantou os ombros.

Uma nuvem passou pelos olhos de Luís Negreiros. O infeliz marido lançou as mãos ao colo da esposa e rugiu:

– Responde, demônio, ou morres!

Clarinha soltou um grito.

– Espera! disse ela.

Luís Negreiros recuou.

– Mata-me, disse ela, mas lê isto primeiro. Quando esta carta foi ao teu escritório já te não achou lá: foi o que o portador me disse.

Luís Negreiros recebeu a carta, chegou-se à lamparina e leu estupefato[42] estas linhas:

verruma[37]: ferramenta para perfurar, broca
assomado[38]: colérico, irado
cerrada[39]: fechada
alumiar[40]: iluminar
fitos[41]: fixos
estupefato[42]: admirado, assombrado

Meu nhonhô[43]. Sei que amanhã fazes anos; mando-te esta lembrança.

Tua Iaiá[44].

Assim acabou a história do relógio de ouro.

nhonhô [43]: forma que os escravos chamavam os senhores

iaiá[44]: tratamento dado às meninas e às moças no tempo da escravidão

A Carteira

...De repente, Honório olhou para o chão e viu uma carteira. Abaixar-se, apanhá-la e guardá-la foi obra de alguns instantes. Ninguém o viu, salvo um homem que estava à porta de uma loja, e que, sem o conhecer, lhe disse rindo:

– Olhe, se não dá[1] por ela; perdia-a de uma vez.

– É verdade, concordou Honório envergonhado.

Para avaliar a oportunidade desta carteira, é preciso saber que Honório tem de pagar amanhã uma dívida, quatrocentos e tantos mil-réis, e a carteira trazia o bojo[2] recheado. A dívida não parece grande para um homem da posição de Honório, que advoga[3]; mas todas as quantias são grandes ou pequenas, segundo as circunstâncias, e as dele não podiam ser piores. Gastos de família excessivos, a princípio por servir a parentes, e depois por agradar à mulher, que vivia aborrecida da solidão; baile daqui, jantar dali, chapéus, leques, tanta cousa mais, que não havia remédio senão ir descontando o futuro. Endividou-se. Começou pelas contas de lojas e armazéns; passou aos empréstimos, duzentos a um, trezentos a outro, quinhentos a outro, e tudo a crescer, e os bailes a darem-se, e os jantares a comerem-se, um turbilhão[4] perpétuo[5], uma voragem[6].

– Tu agora vais bem, não? dizia-lhe ultimamente o Gustavo C..., advogado e familiar da casa.

– Agora vou, mentiu o Honório.

A verdade é que ia mal. Poucas causas[7], de pequena monta[8], e constituintes[9] remissos[10]; por desgraça perdera ultimamente um processo, em que fundara[11] grandes esperanças. Não só recebeu pouco, mas até parece que ele

dar[1]: perceber, notar
bojo[2]: parte interna
advogar[3]: exercer a profissão de advogado
turbilhão[4]: redemoinho
perpétuo[5]: eterno
voragem[6]: redemoinho, aquilo que engole
causas[7]: ações judiciais
monta[8]: importância, valor
constituintes[9]: pessoas que fazem de outras seus procuradores ou representantes
remissos[10]: desleixados, frouxos
fundar[11]: depositar

lhe tirou alguma cousa à reputação jurídica; em todo caso, andavam mofinas[12] nos jornais.

– D. Amélia não sabia nada; ele não contava nada à mulher, bons ou maus negócios. Não contava nada a ninguém. Fingia-se tão alegre como se nadasse em um mar de prosperidades. Quando o Gustavo, que ia todas as noites à casa dele, dizia uma ou duas pilhérias[13], ele respondia com três e quatro; e depois ia ouvir os trechos de música alemã, que D. Amélia tocava muito bem ao piano, e que o Gustavo escutava com indizível[14] prazer, ou jogavam cartas, ou simplesmente falavam de política.

Um dia, a mulher foi achá-lo dando muitos beijos à filha, criança de quatro anos, e viu-lhe os olhos molhados; ficou espantada, e perguntou-lhe o que era.

– Nada, nada.

Compreende-se que era o medo do futuro e o horror da miséria. Mas as esperanças voltavam com facilidade. A ideia de que os dias melhores tinham de vir dava-lhe conforto para a luta. Estava com trinta e quatro anos; era o princípio da carreira; todos os princípios são difíceis. E toca a trabalhar, a esperar, a gastar, pedir fiado ou emprestado, para pagar mal, e a más horas.

A dívida urgente de hoje são uns malditos quatrocentos e tantos mil-réis de carros[15]. Nunca demorou tanto a conta, nem ela cresceu tanto, como agora; e, a rigor, o credor não lhe punha a faca aos peitos; mas disse-lhe hoje uma palavra azeda, com um gesto mau, e Honório quer pagar-lhe hoje mesmo. Eram cinco horas da tarde. Tinha-se lembrado de ir a um agiota[16], mas voltou sem ousar pedir nada. Ao enfiar[17] pela Rua da Assembleia é que viu a carteira no chão, apanhou-a, meteu no bolso, e foi andando.

Durante os primeiros minutos, Honório não pensou nada; foi andando, andando, andando, até o Largo da Carioca.

mofinas[12]: artigos anônimos e difamatórios
pilhérias[13]: piadas
indizível[14]: incomum
carros[15]: carruagens, coches
agiota[16]: pessoa que empresta dinheiro a juros altos
enfiar[17]: caminhar

No Largo parou alguns instantes – enfiou depois pela Rua da Carioca, mas voltou logo, e entrou na Rua Uruguaiana. Sem saber como, achou-se daí a pouco no Largo de S. Francisco de Paula; e ainda, sem saber como, entrou em um Café. Pediu alguma cousa e encostou-se à parede, olhando para fora. Tinha medo de abrir a carteira; podia não achar nada, apenas papéis e sem valor para ele. Ao mesmo tempo, e esta era a causa principal das reflexões, a consciência perguntava-lhe se podia utilizar-se do dinheiro que achasse. Não lhe perguntava com o ar de quem não sabe, mas antes com uma expressão irônica e de censura. Podia lançar mão do dinheiro, e ir pagar com ele a dívida? Eis o ponto. A consciência acabou por lhe dizer que não podia, que devia levar a carteira à polícia, ou anunciá-la; mas tão depressa acabava de lhe dizer isto, vinham os apuros da ocasião, e puxavam por ele, e convidavam-no a ir pagar a cocheira[18]. Chegavam mesmo a dizer-lhe que, se fosse ele que a tivesse perdido, ninguém iria entregar-lha; insinuação que lhe deu ânimo.

Tudo isso antes de abrir a carteira. Tirou-a do bolso, finalmente, mas com medo, quase às escondidas; abriu-a, e ficou trêmulo. Tinha dinheiro, muito dinheiro; não contou, mas viu duas notas de duzentos mil-réis, algumas de cinquenta e vinte; calculou uns setecentos mil-réis ou mais; quando menos, seiscentos. Era a dívida paga; eram menos algumas despesas urgentes. Honório teve tentações de fechar os olhos, correr à cocheira, pagar, e, depois de paga a dívida, adeus; reconciliar-se-ia consigo. Fechou a carteira, e com medo de a perder, tornou a guardá-la.

Mas daí a pouco tirou-a outra vez, e abriu-a, com vontade de contar o dinheiro. Contar para quê? era dele? Afinal venceu-se e contou: eram setecentos e trinta mil-réis. Honório teve um calafrio. Ninguém viu, ninguém soube; podia ser um lance da fortuna[19], a sua boa sorte, um anjo...

cocheira[18]: casa destinada a guardar carruagens e outros veículos
fortuna[19]: acaso, destino

Honório teve pena de não crer nos anjos... Mas por que não havia de crer neles? E voltava ao dinheiro, olhava, passava-o pelas mãos; depois, resolvia o contrário, não usar do achado, restituí-lo. Restituí-lo a quem? Tratou de ver se havia na carteira algum sinal.

"Se houver um nome, uma indicação qualquer, não posso utilizar-me do dinheiro ", pensou ele.

Esquadrinhou[20] os bolsos da carteira. Achou cartas, que não abriu, bilhetinhos dobrados, que não leu, e por fim um cartão de visita; leu o nome; era do Gustavo. Mas então, a carteira?... Examinou-a por fora, e pareceu-lhe efetivamente do amigo. Voltou ao interior; achou mais dous cartões, mais três, mais cinco. Não havia duvidar; era dele.

A descoberta entristeceu-o. Não podia ficar com o dinheiro, sem praticar um ato ilícito[21], e, naquele caso, doloroso ao seu coração porque era em dano[22] de um amigo. Todo o castelo levantado esboroou-se[23] como se fosse de cartas. Bebeu a última gota de café, sem reparar que estava frio. Saiu, e só então reparou que era quase noite. Caminhou para casa. Parece que a necessidade ainda lhe deu uns dous empurrões, mas ele resistiu.

"Paciência, disse ele consigo; verei amanhã o que posso fazer."

Chegando a casa, já ali achou o Gustavo, um pouco preocupado, e a própria D. Amélia o parecia também. Entrou rindo, e perguntou ao amigo se lhe faltava alguma cousa.

– Nada.

– Nada?

– Por quê?

– Mete a mão no bolso; não te falta nada?

– Falta-me a carteira, disse o Gustavo sem meter a mão no bolso. Sabes se alguém a achou?

– Achei-a eu, disse Honório entregando-lha.

esquadrinhar[20]: examinar
ilícito[21]: ilegal, condenável
dano[22]: prejuízo
esboroar-se[23]: desmoronar, reduzir-se a pó

Gustavo pegou dela precipitadamente, e olhou desconfiado para o amigo. Esse olhar foi para Honório como um golpe de estilete[24]; depois de tanta luta com a necessidade, era um triste prêmio. Sorriu amargamente; e, como o outro lhe perguntasse onde a achara, deu-lhe as explicações precisas.

– Mas conheceste-a?

– Não; achei os teus bilhetes de visita.

Honório deu duas voltas, e foi mudar de *toilette* para o jantar. Então Gustavo sacou[25] novamente a carteira, abriu-a, foi a um dos bolsos, tirou um dos bilhetinhos, que o outro não quis abrir nem ler, e estendeu-o a D. Amélia, que, ansiosa e trêmula, rasgou-o em trinta mil pedaços: era um bilhetinho de amor.

estilete[24]: punhal de lâmina fina
sacar[25]: tirar bruscamente

Brasileiro e Universal

Ao redor de Machado de Assis, obra do acervo da Biblioteca do Instituto de Estudos Brasileiros – USP.

Machado de Assis quando jovem. Uma rara imagem do escritor sem óculos.

Joaquim Maria Machado de Assis nasceu no Rio de Janeiro, em 1839. Seu pai era neto de escravos, e a família vivia agregada numa quinta no Morro do Livramento, sob a proteção de uma viúva rica, que se tornou madrinha do escritor. Aos dez anos, o menino ficou órfão de mãe, e seu pai novamente se casa. A formação de Machado começou de modo irregular. Sem frequentar escola, é alfabetizado pela madrasta na própria chácara. Na infância trabalha como baleiro. Na adolescência, sai da chácara e muda-se para a cidade, tornando-se aprendiz de tipógrafo e revisor. A partir dos 20 anos, começa a exercer com frequência as atividades de jornalista, autor de peças, tradutor e crítico teatral.

O "menino miserável do morro" estava destinado a superar, pelo talento e pelo esforço, a barreira da classe social e a situação de dependente que vitimava os homens livres num país ainda emperrado na escravidão.

Uma das características da sociedade brasileira da época de Machado de Assis é a grande quantidade de agregados, brancos ou mestiços, que não pertenciam nem à classe dos proprietários nem à dos escravos. Trabalhando para os donos da casa, ou ocupando a posição de afilhados, esses indivíduos dependiam sempre dos favores da elite dominante, a cujos caprichos se submetiam.

Em 1867, Machado passa a trabalhar no *Diário Oficial*. A partir daí, sua ascensão na carreira burocrática é constante. Ao mesmo tempo, ele conquista seu lugar na literatura, produzindo contos, romances, poemas, crônicas e ensaios. No final do século XIX, já reconhecido como o maior escritor do país, é um dos principais fundadores da Academia Brasileira de Letras, da qual foi presidente até a morte, em 1908.

A primeira fase de Machado vai até 1880 e compreende os romances *Ressurreição, Helena, A mão e a luva* e *Iaiá Garcia,* aos quais se somam dois volumes de contos. Segundo a crítica Lúcia Miguel Pereira, essas obras têm caráter autobiográfico. O autor projeta em suas heroínas de origem humilde, mas dotadas de ambição e talento, os conflitos de sua própria ascensão social. O desejo de se elevar concorre com as "leis do coração". A situação de inferioridade deixa as personagens num impasse entre o orgulho e a submissão, entre a sinceridade e a máscara.

Cedoc DCL

Litografia de Henrique Fleiuss, Machado de Assis e algumas personagens de seu romance *Ressurreição*. Publicada na revista *Ilustrada,* Rio de Janeiro, 1872.

YAYÁ GARCIA

POR

MACHADO DE ASSIS

RIO DE JANEIRO
G. VIANNA & C. EDITORES
Typ. do Cruzeiro
1878

Biblioteca do Instituto de Estudos Brasileiros – USP

Fac-símile da folha de rosto da obra *Iaiá Garcia,* publicada por G. Vianna e C. Editores, em 1878.

A mentira, o egoísmo e a traição são desde a fase romântica os temas mais comuns de Machado de Assis. As personagens que se dão bem na vida são as que respeitam as convenções, sabendo que o homem é feito de duas naturezas, de duas metades, e que "a natureza social é tão legítima e imperiosa quanto a outra". O que ocorre a partir do romance *Memórias Póstumas de Brás Cubas*, marco inicial da segunda fase do escritor, é que a hipocrisia passa a conviver com o cinismo. E o humor, indissociável das "rabugens de pessimismo", substitui o olhar ingênuo e conciliador da primeira fase.

A transformação é radical. Com exceção de *Quincas Borba*, os romances maduros são narrados em primeira pessoa e têm uma estrutura feita de saltos e reviravoltas. Os protagonistas que contam as histórias pertencem à classe dominante e chegam ao descaramento ao relatar suas safadezas, mentiras e leviandades. Segundo o crítico Roberto Schwarz, o escritor atingiu uma compreensão aguda de nossa realidade, revelando as contradições dos proprietários que se beneficiavam da escravidão e do atraso social, ao mesmo tempo em que defendiam as ideias liberais importadas da Europa.

Liberalismo

O liberalismo é a doutrina originada a partir do pensamento do filósofo inglês John Locke (1632-1704). Seu pressuposto é a defesa da liberdade do indivíduo, nos campos econômico, político, religioso e intelectual, contra interferências excessivas do poder estatal.

Machado de Assis foi acusado desde o princípio de ser um escritor pouco brasileiro. As cores do país não figuravam em sua obra com o patriotismo e a euforia que estavam em vigor na época. Enquanto os românticos propunham a descrição de lugares e costumes do Brasil, para ele, ao contrário, "o que se deve exigir do escritor, antes de tudo, é certo sentimento íntimo, que o torne homem do seu tempo e do seu país, ainda quando trate de assuntos remotos no tempo e no espaço". A nossa sociedade patriarcal e escravista tem presença forte em seus contos e romances. Uma presença que vai além dos elementos típicos, folclóricos, ou da constante referência a ruas e bairros do Rio de Janeiro. Machado foi um escritor profundamente brasileiro, sem deixar de ser universal.

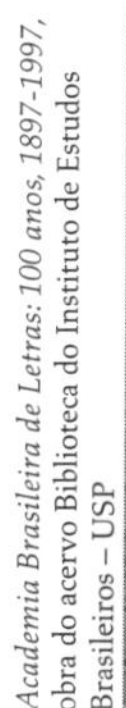

Academia Brasileira de Letras: 100 anos, 1897-1997, obra do acervo Biblioteca do Instituto de Estudos Brasileiros – USP

Integrantes da "Panelinha", grupo criado em 1901 por alguns escritores e artistas da época. Sentados, da esquerda para a direita: João Ribeiro, Machado de Assis, Lúcio de Mendonça e Silva Ramos.

A Descoberta do Mundo

"Conto de escola", "Umas férias" e "Uns braços" são obras-primas que giram em torno da temática da infância e da adolescência – essa fase inocente da vida em que "abotoa a primeira flor". Machado de Assis mostra a entrada obrigatória das crianças no mundo dos adultos. Perder as ilusões significa aprender, como a agulha aprendeu com a linha, que a realidade é feita de aparências e do inevitável jogo de cena. O resto não passa de sonho inconsistente.

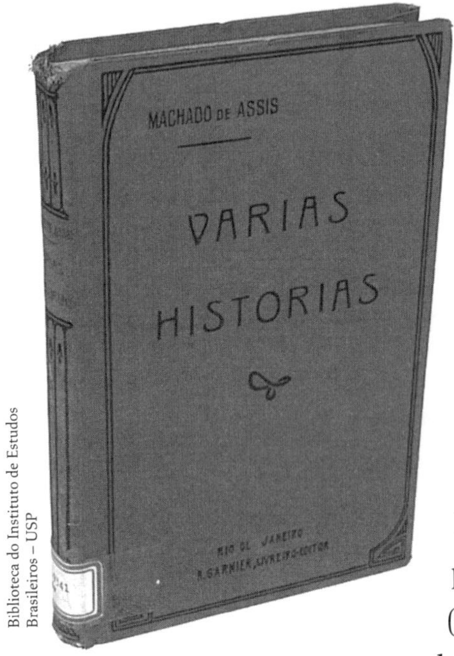

Biblioteca do Instituto de Estudos Brasileiros – USP

Fac-símile da capa de uma das primeiras edições de *Várias Histórias*, publicada pela Garnier, em 1896.

"Conto de escola" (1884) e "Umas férias" (1906) se aproximam particularmente por serem histórias narradas em primeira pessoa, com personagens da mesma idade. Em ambas ocorrem experiências marcantes, vividas no ambiente escolar. No primeiro caso, um castigo sofrido durante a aula, por causa da delação de um colega. No segundo, a transformação da alegria trazida pelas férias inesperadas na triste descoberta do luto (é curioso lembrar que Machado ficou órfão de mãe também aos dez anos).

A biografia do menino pobre e esforçado pode ter influenciado ainda a composição do conto "Uns braços" (1885). Aqui a personagem principal é Inácio, um rapaz de quinze anos que se apaixona pela esposa do patrão – "amor adolescente e virgem, retido pelos liames sociais e por um sentimento de inferioridade que o impedia de reconhecer-se a si mesmo".

A criança é "cabeça de vento", vive solta nos ares como um papagaio. Tudo para ela se resume em folgar, como escreve o narrador de "Umas férias". Para escapar da realidade cheia de imposições, as personagens se instalam num mundo imaginário. Inácio "gostava de devanear à larga". Os braços de D. Severina eram parênteses no meio do tédio, embriagando esse "rapaz que sonha, que adivinha, que indaga, que quer saber e não acaba de saber nada".

Na escala social, a criança ocupa o posto mais baixo. Se é tratada com violência, é porque engatinha no processo de aquisição da identidade. Ela ainda não conhece a "teoria do medalhão" que um pai ensina ao filho em outro conto famoso de Machado de Assis.

"Teoria do medalhão" faz parte do livro *Papéis Avulsos*, de 1882, a primeira coletânea de contos da fase madura de Machado de Assis. Ao entrar na maioridade, um rapaz ouve do pai conselhos de como vencer na vida. O importante, diz ele, é não se afastar das convenções sociais, calar as ideias e sentimentos interiores, esconder o rosto que existe por trás da máscara.

Nas três histórias, ocorre bruscamente o despertar de um sonho. Por não seguir as convenções, por acreditar na sinceridade dos sentimentos, as personagens acabam sendo perseguidas e castigadas. O amadurecimento ("essa queda de um sonho tão bonito") surge brutalmente sob a forma dos impropérios, da palmatória e das frustrações.

"Que não possamos ver os sonhos uns dos outros", lamenta o autor em "Uns braços"... A coincidência entre realidade e sonho, que nesse conto é narrada tão poeticamente, representa uma ameaça contra as regras coletivas. É preciso fingir para não infringi-las. A ingenuidade da infância, assim como a beleza artística, não é possível em nosso mundo. Seu único lugar é a esfera inatingível do ideal.

Mas também não se pode esquecer que, para Machado, "o menino é pai do homem".

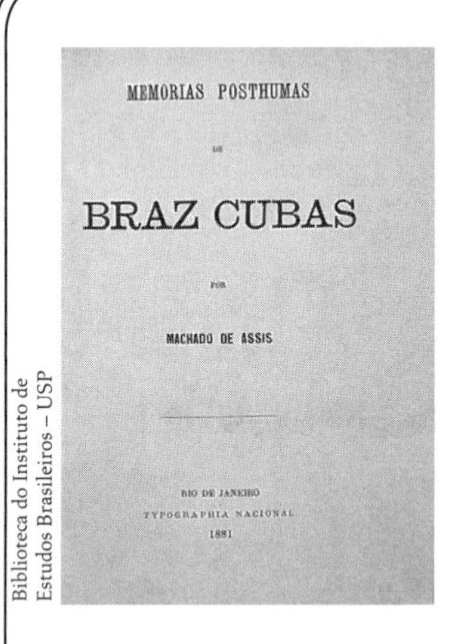

MEMORIAS POSTHUMAS

DE

BRAZ CUBAS

POR

MACHADO DE ASSIS

RIO DE JANEIRO
TYPOGRAPHIA NACIONAL
1881

Biblioteca do Instituto de Estudos Brasileiros – USP

Fac-símile da folha de rosto da obra *Memórias Póstumas de Brás Cubas*, publicada pela Typographia Nacional, em 1881.

"O menino é pai do homem" é o título do capítulo XI do romance *Memórias Póstumas de Brás Cubas*, no qual o narrador conta os inícios de sua vida fútil e cheia de privilégios. Na infância, ele foi um "menino diabo", teimoso e indiscreto, cujas travessuras eram sempre aplaudidas pelo pai. No final do capítulo, conclui Brás Cubas que " dessa terra e desse estrume é que nasceu esta flor".

Da infância cheia de mimos, traquinagens e crueldades, é que nasce o egoísmo do homem maduro. O narrador do "Conto de escola" admite que "não era um menino de virtudes". O de "Umas férias" relata a perda do pai como algo menos importante do que a frustração da folga, ironizando a sinceridade do próprio luto. O conhecimento da corrupção não é de todo novo para quem já sabe mentir e enganar.

No desfecho do "Conto de escola", o estudante que se deixa arrastar pela fantasia do tambor não é mais criança. Mas o hábito de sonhar também permanece nos adultos volúveis, incapazes de viver sem uma válvula de escape. A descoberta do mundo impõe a necessidade de relativizar as coisas. É o que faz também a personagem de "Umas férias", ao preferir uma "alegria sem férias" à experiência das "férias sem gosto". Contra a vida dura, as crianças opõem o sono duro e pesado. Após a queda na realidade, o ser humano insiste em levar consigo o "sabor do sonho".

Cedoc DCL

Rua Larga de São Joaquim (1906) atualmente Av. Marechal Floreano, no Rio de Janeiro, mencionada no *Conto de Escola*.

Cedoc DCL

Durante a escravidão, era comum escravos sofrerem castigos brutais, como retrata a reprodução de detalhe da obra de Jean-Baptiste Debret *Feitor Punindo Negros* (1834-1839).

1870 1871

- 1870 – Termina a Guerra do Paraguai.
- 1871 – Estabelecimento da Lei do Ventre Livre.

Cedoc DCL

Pintura de autor anônimo – Deodoro da Fonseca entrega a bandeira da República à Nação.

1880 1889

- 1885 – Instituição da Lei Saraiva-Cotegipe (liberdade para os escravos sexagenários).
- 1888 – A Lei Áurea põe fim à escravidão no Brasil, mas essa lei não prevê nenhuma medida de integração dos ex-escravos à sociedade.
- 1889 – Proclamação da República.

Cedoc DCL

Charge de autor anônimo em que o presidente Campos Sales entrega um saco de dinheiro a um credor inglês. Grande parte do dinheiro arrecadado pelo governo pela venda de café era utilizada para pagar dívidas contraídas em empréstimos feitos na Inglaterra.

1890 1898

- 1891 – Deodoro da Fonseca é eleito presidente da República e Floriano Peixoto, vice.
  Deodoro, sem apoio político suficiente, renuncia e é substituído por Floriano.
- 1894 – Prudente de Morais é eleito presidente.
- 1897 – Tropas do governo ocupam a região onde ocorria a Guerra de Canudos.
- 1898 – Campos Sales é eleito presidente.

Cedoc DCL

Oswaldo Cruz implementou a obrigatoriedade da vacina contra a varíola. A população carioca, já descontente com o governo, se revoltou contra essas medidas sanitaristas. Caricatura de Oswaldo Cruz, autor anônimo.

1900 1904

- 1902 – Rodrigues Alves é eleito presidente.
- 1904 – Revolta da Vacina, na cidade do Rio de Janeiro.
- 1906 – Afonso Pena é eleito presidente.

Cedoc DCL

Biblioteca do Instituto de Estudos Brasileiros – USP

Fac-símile da folha de rosto de uma das primeiras edições de *Histórias da Meia-noite*, obra publicada em 1873.

1870 1873

- 1870 – Publica *Contos Fluminenses.*
- 1872 – Publica *Ressurreição,* seu primeiro romance.
- 1873 – Publica *Histórias da Meia-noite.*
- 1874 – Publica *A Mão e a Luva.*
- 1876 – Publica *Helena.*
- 1878 – Publica *Iaiá Garcia*. Retira-se com sua esposa, Carolina, para Friburgo em tratamento de saúde.

Machado de Assis com 60 anos.

1880

- 1881 – Sai em livro *Memórias Póstumas de Brás Cubas.*
- 1882 – Publica *Papéis Avulsos.*
- 1884 – Publica *Histórias sem Data.*

Cedoc DCL

1890

- 1891 – Sai em livro *Quincas Borba.*
- 1896 – Publica *Várias Histórias.*
- 1897 – Eleito presidente da recém-fundada Academia Brasileira de Letras.
- 1899 – Publica *Dom Casmurro* e *Páginas Recolhidas.*

Fac-símile da capa da obra *Relíquias de Casa Velha*, publicada pela editora Garnier.

Biblioteca do Instituto de Estudos Brasileiros – USP

1900 1906

- 1904 – Publica *Esaú e Jacó.*
  Adoece e falece com câncer sua esposa, Carolina.
- 1906 – Publica *Relíquias de Casa Velha.*
- 1908 – Publica *Memorial de Aires.*
  Morre no Rio de Janeiro a 29 de setembro.

Cedoc DCL

Ilustração publicada no *Petit Journal*, de 22 de junho de 1913. A imagem mostra uma "alegoria" da república, lembrando a um nacionalista o bombardeio prussiano, ocorrido em 1870, durante a Guerra Franco-Prussiana.

1870

- 1870-1871 – Guerra Franco-Prussiana.
- 1871 – Proclamação do Império Germânico.
  Início da Terceira República na França.

Cedoc DCL

Otto Van Bismarck, chanceler da Alemanha entre 1871 e 1890. Um dos idealizadores da Tríplice Aliança.

1880 1882

- 1882 – É assinado o tratado da Tríplice Aliança, reunindo Alemanha, Áustria e Itália. Nesse tratado fica definido que esses países se ajudassem mutuamente em caso de guerra.
- 1884-1885 – Conferência de Berlim; partilha da África.

1890

- 1894 – Aliança Franco-Russa: início da formação da Tríplice Entente.

Cedoc DCL

Sigmund Freud, criador das teorias psicanalíticas, apoiadas no estudo das neuroses e do inconsciente.

1900

- 1900 – Sigmund Freud publica *A Interpretação dos Sonhos.*
- 1905 – Revolução contra o Czar na Rússia.
- 1905 – Einstein apresenta a Teoria da Relatividade Espacial.
  Formação da União Sul-Africana.

Cronologia Brasil

A Guerra dos Farrapos teve início quando um grupo liderado por Bento Gonçalves exigiu a renúncia do presidente da província. Obra de J. Wasth Rodrigues, *Batalha de Farrapos*.

Cedoc DCL

Cedoc DCL

Com apenas 15 anos D. Pedro II foi aclamado imperador do Brasil. Seu governo durou 49 anos. D. Pedro II com cerca de 35 anos. (Victor Frond, 1861)

Grande empreendedor, Visconde de Mauá inaugurou a primeira estrada de ferro no Brasil. Retrato de Irineu Evangelista de Sousa, o *Visconde de Mauá*.

Cedoc DCL

Na imagem, *Batalha Naval do Riachuelo*, de Vítor Meireles, que retrata, de maneira romântica, o conflito naval de 11 de junho de 1865.

Cedoc DCL

1830 | 1835 | 1840 | 1850 | 1854 | 1860 | 1864

- 1835-1845 – O descontentamento de gaúchos com os pesados impostos sob produtos vendidos para outras províncias é um dos motivos que provocam a Guerra dos Farrapos, no Rio Grande do Sul.
- 1837-1838 – A Sabinada
- 1838-1841 – A Balaiada
- 1840 – D. Pedro de Alcântara torna-se o segundo imperador do Brasil, com antecipação de sua maioridade.
- 1845 – Termina a Guerra dos Farrapos.
- 1848 – Revolução Praieira em Pernambuco.
- 1850 – Lei Eusébio de Queirós (extinção do tráfico negreiro para o Brasil).
- 1854 – O Visconde de Mauá inaugura a primeira estrada de ferro do Brasil, em 1854, ligando o Rio de Janeiro a Petrópolis.
- 1864 – Reagindo à crescente intervenção brasilei e argentina na região do rio da Prata, Solano Lóp chefe do governo do Paraguai, rompe relações co o Brasil. Forças paraguaias invadem a província d Mato Grosso, dando início à Guerra do Paraguai.

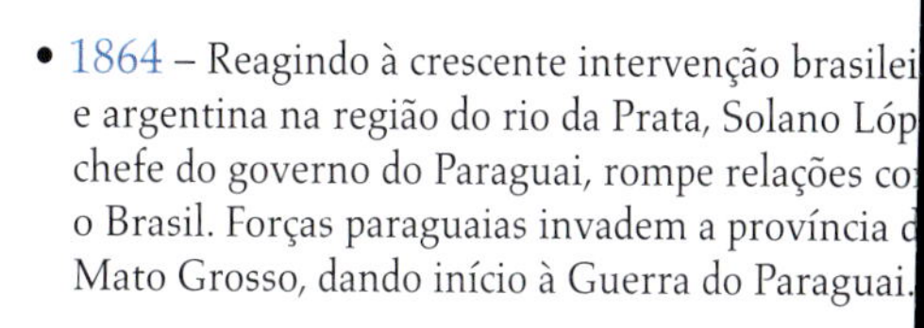

Cronologia Machado de Assis

Morro do Livramento, no Rio de Janeiro, onde Machado de Assis nasceu em 1839.

Cedoc DCL

Fac-símile da revista *Marmota Fluminense*, na qual são publicados os primeiros versos de Machado de Assis.

Cedoc DCL

MARMOTA NA CORTE

Machado de Assis aos 35 anos.

Academia Brasileira de Letras: 100 anos, 1897-1997, obra do acervo Biblioteca do Instituto de Estudos Brasileiros – USP

Machado de Assis com cerca de 40 anos.

1830 | 1839 | 1840 | 1850 | 1855 | 1860 | 1865

- 1839 – Nasce no Rio de Janeiro Joaquim Maria Machado de Assis, a 21 de junho.
- 1849 – Morte da mãe, Maria Leopoldina Machado de Assis.
- 1851 – Morte do pai, Francisco José de Assis. O menino Machado de Assis passa a viver com a madrasta, Maria Inês.
- 1855 – Entra como aprendiz de tipógrafo na livraria que publicava a revista *Marmota Fluminense*.
- 1863 – Publica quatro comédias sob o título ger de *Teatro*.
- 1867 – É nomeado ajudante do diretor do *Diári Oficial*.
- 1869 – Publica *Falenas* (poesia). Casa-se com a portuguesa Carolina Augusta Xavier de Novais.

Cronologia Mundo

Cedoc DCL

A 25 de fevereiro de 1848, em Paris, tem início a Segunda República Francesa. Nessa ocasião, o povo reage à tentativa dos deputados de colocarem no poder o neto de Luís Filipe, queimando o trono em praça pública. É o que se vê representado na imagem.

Cedoc DCL

Na foto, Karl Marx. Entre os principais conceitos desenvolvidos por Marx, destacam-se a dialética, o modo de produção e a luta de classes. Suas ideias influenciaram profundamente o estudo das sociedades nos séculos XIX e XX.

O italiano Giuseppe Garibaldi lutou no Brasil e na Europa pelo ideal republicano. Na imagem, Garibaldi recruta voluntários para sua campanha na Itália.

Cedoc DCL

Cedoc DCL

A Ku-Klux-Klan, associação racis terrorista que matou e torturou muitos negros, e que atua até ho foi criada após a Guerra da Seces A caricatura de Thomas Nast, 18 denuncia essa forma de opressão contra os negros.

1830 | 1840 | 1848 | 1850 | 1854 | 1860 | 1863

- 1830 – Revolução na França, queda de Carlos X, ascensão de Luís Filipe.
- 1848 – Publicação do *Manifesto Comunista*, de Karl Marx.
  Proclamação da Segunda República Francesa.
- 1852 – Napoleão torna-se imperador da França.
- 1854 – Início da Guerra da Crimeia.
- 1859 – Charles Darwin publica *A Origem das Espécies*.
- 1859-1870 – Luta pela unificação da Itália.
- 1861-1865 – Guerra Civil nos Estados Unidos. Um dos resultados dessa guerra é o fim da escravidão. Contudo, os combatentes do Sul resistem à abolição da escravatura.
- 1861 – Libertação dos servos na Rússia.
- 1869 – Abertura do Canal de Suez.